未知のベトナムを探る

8日間の遠征

Translated to Japanese from the English version of

Exploring Uncharted Vietnam

スポンドン・ガングリ

Ukiyoto Publishing

全世界での出版権はすべて

浮世絵出版

2024年発行

ISBN 9789364945615

www.ukiyoto.com

この本を最愛の娘に捧げる、
アディトリ・ガングリ

謝辞

感謝の気持ちを込めて、ベトナムの旅を記録する力、知識、技術、チャンスを与えてくれた力の恵みに感謝したい。この驚くべき国には、占領と政治的混乱の時代を経て、千年にわたる歴史がある。ベトナム戦争の影からたくましく立ち上がる。

ベトナムでの 8 日間の冒険で出会ったすべての人々に感謝したい。親切なホテルの支配人からレストランのオーナー、洞察力のあるツアーガイドやオペレーター、陽気なタクシー運転手、活気のある露天商まで、一人ひとりがこの旅の物語を豊かにするために手を加えてくれた。コルカタから出発するとは想像もしていなかった彼らの故郷の美しさを探訪することができたのは、ソーシャルメディア上のベトナム人の友人であるファイさんとその家族のおかげだ。

本書の実現に浮世絵出版が果たした重要な役割は、いくら強調してもしきれない。彼らの揺るぎないコミットメントとハードワークが、私の夢を現実に変えてくれた。

スポンドン・ガングリ

プロローグ

旅行記とは何か？

旅行記とは、読者を惹きつけ、ユニークで刺激的な方法でその場所の感覚を与えることを本質とする旅行記のことで、思い出や他の人と共有するための情報など、自分の旅行の詳細や観察を記録する方法である。

インドという活気に満ちたコラージュの外での初めての海外旅行は、興奮と期待が入り混じったスリリングなものだった。知識の謎を解き明かすことに専心する教育者として、またインスピレーションの物語を紡ぐ情熱的な作家として、ベトナムの魅惑的な風景と豊かな文化遺産を掘り下げるという見通しは、まるでサイレンの呼び声のように手招きしていた。

2018 年 10 月のさわやかな秋の空気のなか、私と妻は歴史と伝統、そして自然の素晴らしさに彩られたベトナムの地を探検する準備を整え、ベトナムの地を踏んだ。私たちの旅程は、8 日間にわたる爽快な冒険と、ベトナムの本質を凝縮した 4 つの重要な観光拠点を網羅することを約束した：ホーチミン、ホイアン、ハロン湾、そしてハノイだ。

これからの旅は、隠れた宝石を発見し、多様な文化体験に浸り、絵のように美しいベトナムの風景を背景に忘れられない思い出を作ることが約束されていた。それぞれの目的地は、書かれるのを待っている章であり、発見と探検の鮮やかな色彩で描かれるのを待っているキャンバスだった。

賑やかな街並み、遺産に彩られた古い町並み、静寂に包まれた大自然......一歩一歩を踏みしめながら、私たちはベトナムの複雑な魂の解明に近づいていった。ホーチミンの賑やかな通りの活気から、ホイアンのランタンに照らされた路地の時代を超越した魅力まで、ハロン湾のエメラルド色の海の幽玄な美しさから、ハノイの古代寺院と賑やかな市場の歴史的タペストリーまで、私たちの旅は驚きと畏敬の糸で織られた体験のタペストリーになることを約束した。

ベトナムの風景、文化、伝統が織り成す活気あふれるモザイクを旅し、この魅惑的な国の奥深くに潜む秘密を解き明かし、語り継がれる過去と前途有望な未来をご一緒しましょう。これは 8 日間のオデッセイの記録であり、旅の変容力と、探検する勇気を持つ者を待ち受ける無限の地平線の証である。

内容

"人間の生きる精神の基本的な核心は、冒険への情熱である。人生の喜びは、新しい経験との出会いから生まれる。

– クリストファー・マッキャンドレス

ベトナムを巡る心豊かな旅へ（2018 年 10 月 15 日～10 月 22 日）

2018 年 10 月、15 日から 22 日までベトナムを訪問することを決めたことは、本当に豊かな経験であることを証明した。多くの人が私が選んだ目的地について疑問を投げかけ、私はその理由を明確にするよう促された。私がこの決断を下した背景には、主に 2 つの動機があった。

まず、ソーシャル・ネットワーキング・サイトを通じて、ベトナムの教育者であり、ベトナムのショーやシリーズに出演している女優のファイさんという友人ができた。第二に、私の母国であるインドとベトナムの著しい類似性に気づかずにはいられなかった。どちらの国も外国の支配と植民地化に耐え、戦争と荒廃に傷つき、進歩と繁栄のために努力し続けている。しかし、私がベトナムを訪れると、両国の微妙な、しかし重大な違いがすぐに明らかになる。

ホーチミン、ホイアン、ハロン湾、ハノイのベトナム 4 大観光地を綿密に計画し、幸せの旅に出発しよう。特筆すべきは、インドからベトナムへの直行便がないことで、私たちの冒険はコルカタからバンコク経由でホーチミンへのフライトから始まった。コルカタを出発するのは、インド標準時で午前 1 時 45 分の予定だった。ベトナムがインド時間より 1 時間半進んでいることは重要だ。ベトナムは全土で同じ時間帯を共有しており、インドシナ時間としても知られている。バンコクでの 1 時間の待ち時間を含め、約 6 時間半の旅の後、現地時間の午前 10 時 17 分にホーチミン市のタンソンニャット国際空港に降り立った。

南ベトナムに位置するホーチミンは、同国第 2 の都市であり、サイゴン川がコルカタを流れるガンジス川のように市内を流れていることから、コルカタに酷似している。歴史的にサイゴンと呼ばれていたこの都市は、ベトナム戦争後、ベトナムの歴史において尊敬される革命家であり自由の戦士であったホー・チ・ミンに敬意を表して改名された。ホーチミンは、対米戦争と北ベトナムと南ベトナムの統一において極めて重要な役割を果たした。

ベトナムを訪れ、現地の人々に会い、そしてインターネットから学んだことは、ベトナムには何世紀もの歴史、伝統、影響によって形成された豊かな文化遺産を持つ、多様で活気ある人々が住んでいるということだ。私の本で紹介したいベトナムの人々の重要な側面をいくつか紹介しよう：

民族ベトナムの人口の大半はキン族で、ベト族とも呼ばれ、全人口の約 85%を占める。しかし、ベトナムにはモザイク状の少数民族も存在し、それぞれが独自の伝統、言語、習慣を持っている。著名な少数民族には、タイ族、タイ族、ムオン族、モン族、クメール族などがいる。

言語ベトナムの公用語はベトナム語（TiếngViệt）で、オーストリア語族に属する。音調には発音記号付きのラテン文字が使われる。少数民族はしばしば独自の言語を話し、国の言語的多様性に貢献している。

宗教ベトナムでは仏教が主流で、大乗仏教を信仰する信者が多い。その他の宗教としては、道教、儒教、キリスト教（カトリックとプロテスタント）、土着の信仰や伝統などがある。

家族と社会ベトナム社会は家族の価値と親孝行を非常に重視する。年長者や先祖に対する敬意が深く根付いており、家族は多世代で暮らすことが多い。近代化と都市化が社会の力学に変化をもたらしたとはいえ、伝統的な性別役割分担は依然として社会の多くの側面に浸透している。

料理 ベトナム料理はその新鮮さ、味のバランス、香り高いハーブやスパイスの使い方で知られている。主食は米、麺、魚介類、豚肉、各種野菜など。フォー（ヌードルスープ）、バインミー（ベトナム風サンドイッチ）、生春巻きなどの料理は世界的に高い評価を得ている。

芸術と文化： ベトナムは、伝統音楽（独特の楽器「ダンバウ（đànbầu）」を含む）、舞踊（優雅なアオザイ・ダンスなど）、水上人形劇、漆器、シルク刺繍、陶器などの精巧な手工芸品などの芸術を通じて表現される豊かな文化遺産を誇っている。

教育ベトナム社会では教育が非常に重視され、学業成績が重視される。識字率は比較的高く、あらゆるレベルの教育へのアクセス拡大で大きく前進した。

経済活動 ベトナム経済は多様で、農業、製造業、サービス業、観光業が重要な役割を果たしている。稲作を主食とする農業は依然として重要だが、繊維、エレクトロニクス、観光などの産業は近年急成長を遂げている。

全体的に、ベトナムの人々は、その回復力、ホスピタリティ、そして強い文化的アイデンティティで知られており、ベトナムの活気あるタペストリーの不可欠な一部となっている。

6　未知のベトナムを探る

「旅は言葉を失わせ、あなたを語り部に変える。

– イブン・バットゥータ

~1日目：ホーチミン市内観光（ベトナム第2の首都。）

エデン・ガーデン・ホテル（28/12 Bui Vien, Pham Ngu Lao Ward, District 1, Ho Chi Minh City）に泊まった。

まず目についたのは、自国と比べて人口が多いにもかかわらず、庶民が清潔さなど高い倫理観を保ち、訪問者に対して謙虚だったことだ。私たちが予約したホテルは、コルカタのエスプラネードとよく似た場所だが、より清潔で整理整頓されている。市内には訪れるべき場所、記念碑、博物館、寺院、パゴダがたくさんある。

ホーチミン国際空港からエデン・ガーデン・ホテル（28/12 Bui Vien, Pham Ngu Lao Ward, District 1, Ho Chi Minh City）へ移動。市内ガイドツアーを予約していたので、エデン・ガーデン・ホテルに到着すると、すでにガイドが待っていた。近くのインド料理店で、アールーパラタ、トマトソース、カルド、サラダで朝食をとり、市内観光に出発した。私たちは車に乗り込み、偉大な指導者、ホーチミンの名を冠した街を散策するために移動した。

太陽がホーチミンの活気ある通りに黄金の光を放ち始めると、探検と冒険の一日が始まった。私たちは知識豊富な地元ガイドのサービスを受け、快適なタクシーに乗り込んだ。最初に訪れたのは戦争証跡博物館で、ベトナムの激動の過去を痛切に思い起こさせる。展示品の中を歩いていると、ベトナム戦争時代にタイムスリップしたようだった。心を揺さぶる映像、遺品、そして回復力の物語は、私に深い印象を残した。平和と外交の重要性を再認識させられた。

ベトナムの歴史遺産を発見する：戦争証跡博物館

場所： 28 Đuong Le Quy Đon Phuong
ホーチミン市 3 区の中心に位置する戦争証跡博物館は、ベトナムの過去の象徴である。ホーチミン市政府が運営するこの博物館は、第一次インドシナ戦争とベトナム戦争に関連する出来事を、さまざまな展示を通して理解することができる。

博物館の歴史は、1975 年 9 月 4 日に米国と人形犯罪の展示館として設立されたことに遡る。この元号は、米国とその同盟国に対する強い反感を特徴とするベトナム戦争の雰囲気を反映している。美術館は、ベトナムの風土や国際関係の移り変わりを反映するように、時とともに名称を変えてきた。

1990 年には、米国の関与を超えた規模の戦争残虐行為を告発するため、「中国・アメリカ戦争犯罪博物館」と改名された。しかし、1995 年にベトナムとアメリカの関係が改善され、アメリカの制裁が解除されると、大きな変化が起こった。戦争証跡博物館という名称が採用されたのはこの時期である。

博物館の名称を変更するという決定は、癒しと理解を促進すると同時に、歴史の複雑さを認識するアプローチへの転換を意味していた。

戦争証跡博物館に足を踏み入れると、来館者は国境や信条を超えた物語に出迎えられる。キュレーションされたギャラリーでは、戦争がベトナムとその人々にどのような影響を与えたかを見ることができる。写真、遺品、個人の証言や証言を通して、この博物館は感動を与えてくれる。時に不穏な出来事を探る。

この博物館の重要な焦点は、ベトナム戦争の犠牲者に焦点を当て、民間人と兵士の両方が耐えた苦しみを紹介することである。展示物は化学兵器の影響を強調し、特にエージェント・オレンジが何世代にもわたって人々に与えた影響を強調している。写真や資料、個人的な体験談を紹介することで、戦争が健康や自然にどのような影響を残してきたかを肌で感じることができる。

この博物館のコレクションのもうひとつの重要な側面は、戦争プロパガンダと、戦時中にメディアがどのように認識に影響を与えたかを描いていることである。来館者は、紛争に関与した視点からのプロパガンダ資料を閲覧することができ、当時の情報発信や情報操作についての洞察を得ることができる。

さらに、戦争証跡博物館は、独立と平和を目指す他の国々との戦争運動やベトナムの連帯についての洞察を明らかにしている。

博物館の展示は、ベトナムの大義を支持し、戦争終結を主張した活動家や団体の努力を称えるものである。

館内の展示を見て回るうちに、ゲストは戦争の現実を目の当たりにすることになる。また、強さ、勇気、楽観主義の瞬間を目撃する。ミュージアムの主なメッセージは「記憶」と「和解」を中心に展開され、来館者に過去に思いを馳せながら、理解と協力に根ざした未来を受け入れるよう促している。

まとめると、戦争証跡博物館は厳粛でありながら、ベトナムの歴史を象徴する重要な存在なのである。戦争の怒りの象徴から和解の道標へと変貌を遂げたその姿は、癒しと進歩に向かうベトナム自身の道のりを映し出している。展示品に触れ、物語を吸収することで、来館者は戦争の複雑さと自然の回復力について理解を深める。

戦争博物館を見学した後、私たちの心は、戦争の余波を受けた女性や子供を含む犠牲者の写真ギャラリーに深く動かされた。

次に訪れたのは、ホーチミンの文化遺産を紹介するチャイナタウンだ。ショップハウスの鮮やかな色彩と屋台の楽しい香りが、私を別世界へと連れて行ってくれた。

私たちは趣のある通りをぶらぶら歩き、料理を楽しんだり、活気ある市場を見て回った。

サイゴンの賑やかなチャイナタウン、チョーロンを探る

場所ホーチミン市5区

ホーチミンの街並みの中に、サイゴンのチャイナタウンとして親しまれているチョー・ロンがある。市場」として知られるこの賑やかなエリアは、活気ある雰囲気と豊かな文化的歴史に浸るために世界中から観光客を招いている。

チョーロンの中心には、エネルギッシュなビンタイ市場があり、この地区の精神を体現する広大な市場だ。サイゴン川の西岸、チャン・フンダオ大通りに位置するチョーロンは、サイゴン市内を散策する人々にとって欠かせないスポットとなっている。

チョーロンの魅力は、その通りや賑やかな市場にとどまらない。マルグリット・デュラスの自伝的小説『恋人』（1984 年）は、ラブストーリーの舞台としてチョーロンを不朽のものとし、すでに魅力的なこの場所にさらなる魅力を添えている。

日中、チョロン（Cho Lon）はビンタイ市場（Binh Tay Market）の商人や買い物客の交流で賑わう。この地区で欠かせないのは、珍味から伝統工芸品まで、さまざまな商品を提供することだ。アクアトリア（Aquatria）、ドン・カイン（Dong Khanh）、バット・ダット（Bat Dat）などの有名レストランは、サイゴンの風景を表現した食欲をそそる味で、食通をうならせる。

夜が更けると、チョロンは魅惑的な変化を遂げる。ネオンの光が通りを明るく照らし、地区全体がひとつの絵を描いている。夜の雰囲気の中で、餃子のドゥオンチャウ・チャーハンやトゥースエン・豆腐などのホア料理を味わおうと、観光客が大勢訪れる。

チョーロンの週末は、地元の人たちがお祭りで賑わい、観光客はその雰囲気に浸る。一方、平日はのんびりとこの地区を散策するのに落ち着いた魅力がある。

ティエンハウ（Thien Hau）寺への旅は、この地域の遺産を知ることができるチョーロンのハイライトだ。ホーチミンの多くのツアーは、サイゴンのタペストリーを堪能できるよう、チョー・ロンをルートに組み込んでいる。

私たちのグループ旅行では、チョロンの賑やかな通りに潜む宝物を発見した。フォーやその他の郷土料理の試食は、私たちの旅に風味を添え、忘れられない食体験となった。

チョーロンの街をナビゲートすることは、爽快であると同時に圧倒されることもある。したがって、知識豊富なガイドがそばにいることは貴重なのだ。彼らは、あなたが探索と文化的な浸りを最大限に活用できるように、市場を案内することができます。

夜が更け、チョーロンの灯りが輝き始めると、この地区の魅力は真に活気づく。サイゴンの豊かな文化が、チョーロンの賑やかな通りや活気ある市場で繰り広げられるこの冒険に参加しよう。ホーチミン市の魅惑的な物語の一章、Cho Lon の魅惑的な世界に足を踏み入れてみてください。

ビンタイ市場は、色とりどりのエキゾチックな果物や手作りの工芸品に囲まれていた。お土産を買うために売り子と駆け引きするのは、忘れられない経験だった。私は袋いっぱいの宝物と、この街のマーケットシーンへの新たな憧れを持って出発した。

ビンタイ市場 - サイゴン・チャイナタウンの活気ある中心地

場所 6 区 2 区タップムオイ 57A

ホーチミン市の中心部には、サイゴンのチャイナタウンとして知られるチョーロンの一角、ビンタイ市場がある。6 区にあるこの活気あるマーケット・タウンでは、旅行者がその雰囲気や文化に浸るためのさまざまな体験ができる。

独立記念宮殿からビンタイ市場へは、ナム・キー・コイ・ギア（Nam Ky Khoi Nghia）通りを進み、ヴォ・ヴァン・キエット（Vo Van Kiet）通りに入る。ゴー・ニャン・ティン（Ngo Nhan Tinh）通りを右折するとファン・ヴァン・コー（Phan Van Khoe）通りに出る。

ビンタイ市場は午前 7 時から午後 6 時まで営業しており、売り手も買い手もその雰囲気に包まれる中心地となっている。市場の特徴的な八卦の形と広々としたデザインは、探検を誘う環境を作り出している。美学と技術を融合させたその建築の魅力は、シンクロした時計のシンボルと複雑に細工された瓦屋根に挟まれた中央塔に表れている。

ビンタイ市場内には 12 の門があり、チョロン（Cho Lon）バスターミナルに面した壮大な入り口には、2300 の露店が並び、日用品や香辛料からファッションアクセサリーや宝飾品まで、さまざまな嗜好に合わせた商品を提供している。市場の下層階にはキッチン用品、スパイス、織物、家庭用品などの品揃えがあり、上層階には既製服やスイーツのコレクションが展示されている。

市場の各セクションを探検すると、チャン・ビン（Tran Binh）省の一流のスパイスやシーフード、レ・タン・ケス（Le Tan Kes）省の多様な食品、ファン・ヴァン・コー（Phan Van Khoe）省の活気ある食品売り場などが紹介される。お粥、タケノコ、春雨など、伝統的な味を提供する屋台の料理をぜひ試してみてほしい。

この市場で目を引く料理のひとつは、スープと食欲をそそる香りで知られるパラウ（Pha Lau）と、何世代にもわたって受け継がれてきた秘伝のレシピで作られる春雨で有名なブンリュー（Bun Rieu）だ。

ビンタイ市場（Binh Tay Market）を訪れると、いろいろな体験ができる。値切り交渉のスキルは、質の高い商品を安く手に入れるのに役立つ。市場の通りをナビゲートするのはエキサイティングなことなので、経験豊富なガイドを同行させると、観光がより充実したものになる。ビンタイ市場（Binh Tay Market）の路地を散策し、そこで提供される料理を楽しみながら、チョー・ロン（Cho Lon）の活気ある精神とサイゴンのチャイナタウンの魅惑的な魅力を発見してください。文化に浸り、味を楽しみ、この象徴的な市場の活気ある雰囲気に浸る。

朝の最終目的地は、賑やかな通りの中にあるティエンハウ寺だった。細部まで作り込まれた建築とお香を焚く香りが、落ち着いたムードを作り出している。午後の逃避行に出かける前に、私は熟考し、敬意を示すために立ち止まった。

ティエンハウ・パゴダ-ホーチミンの中心にある静かなオアシス

場所 5区Phuong 11, Đuong Nguyen Trai 705

ホーチミンの街並みの中に佇むティエンハウ・パゴダは、精神的な安らぎを求める世界中の旅行者を惹きつけてやまない。地元の人々にも観光客にも愛されているこの神聖な聖域は、都会の慌ただしさから逃れられる穏やかな時間を提供してくれる。

ティエンハウ・パゴダに近づくと、観光客はその特徴である上に吊るされたユニークなペンダントに魅了される。この特別な伝統は、ゲストに願い事や祈りを紙の輪に書いてもらい、ティエン・ハウ夫人へのお供え物として線香と一緒に吊るすことで、旅に華を添えるというものだ。この習慣は、中国から持ち込まれた貴重な木材や複雑な置物など、あらゆる面に反映され、サイゴンのコミュニティーの生活における寺院の重要性を浮き彫りにしている。

賑やかなグエン・タイ（Nguyen Trai）通りにあるこの寺院は、魅力的な中庭へと続く鉄の門が迎えてくれる。繊細な磁器の彫像が屋根を飾り、シンボルや物語が描かれ、中国の劇場の木製のレプリカやランタンが静謐な雰囲気を醸し出している。

中庭に入ると、海の女神マズを祀る祭壇が一部覆われている。

お香立てがあちこちに置かれ、立礼の習慣に参加する客を歓迎している。寺院の屋上には、道教の仙人から関羽のような伝説的な戦士まで、さまざまな人物や歴史的な物語が登場する世紀の町の瞬間を描いた魅惑的な磁器の場面が飾られている。

ティエンハウ・パゴダの中央には、3 体の女神のブロンズ像があり、その衣服と穏やかな表情が祠にエレメントを吹き込んでいる。お香を焚いた残り香が周囲に漂い、この場所を包む静謐な雰囲気は、内省とスピリチュアルなつながりのための舞台を提供する。

シャッターを切る人にとっては、ティエンハウ・パゴダは、その要素と深い文化的意義が魅惑的なフォーカルポイントとなり、目の保養となる。工芸品のような内装から中庭に至るまで、寺院の真の魅力は、この深遠な精神的航海の永続的な思い出を写真に残すことで、訪問者にその本質を捉えるよう手招きしている。

ベトナムを探索する際、ティエンハウ・パゴダに立ち寄ることは、国の遺産と建築の壮大さを知る上で欠かせない。寺院の魅力と深い静けさに浸り、時間も場所も超えた、実り多き旅の思い出を胸に刻んでください。午後には、統一会堂とも呼ばれる独立記念宮殿に到着した。このランドマークの中を歩いていると、まるで 1970 年代にタイムスリップしたような気分になる。整備された部屋と遺品は、ベトナムの過去についての洞察を私に与えてくれた。広大な庭園と荘厳な宮殿は、国の強さと進歩を紹介する戦争博物館への訪問の際にも際立っていた。

独立記念宮殿 - ベトナムの歴史的変貌の証人

場所 1区 Ben Nghe 区 Nam Ky Khoi Nghia 通り 135 番地

ホーチミンの中心部に位置する独立記念宮殿は、統一会堂とも呼ばれ、ベトナムの激動の過去を体現する貴重なランドマークとして誇りをもって立っている。1区 Ben Nghe 区 Nam Ky Khoi Nghia 通り 135 番地に位置するこの象徴的な建造物は、実体としてではなく、ベトナムの歴史を鮮やかに描き出し、旅行者にその文化的遺産を掘り下げるよう手招きしている。

宮殿に近づくと、ゴー・ヴィエット・トゥー（NgôViếtThụ）が伝統のエッセンスを見事に取り入れたその豪華さに魅了される。ベトナム共和国大統領の住居であり、行政の中心でもあるこの建物は、ベトナムの歴史における統治のシンボルとして重要な意味を持っている。

午前 7 時 30 分から午前 11 時 30 分までと、午後 1 時から午後 5 時までの間、この宮殿の物語に浸ることができる。入場料は大人 40,000 ドン、学生 20,000 ドン、子供 10,000 ドン。

1975年4月30日、サイゴン陥落の際、北ベトナム軍の戦車が宮殿の門を破った。ベトナム戦争の終結を意味する出来事。

この重要な瞬間は永遠に歴史に刻まれ、臨時革命政府によって宮殿は政府の下での国の統一を象徴する統一会堂となった。

独立記念宮殿探訪は単なるツアーではなく、旅行者や歴史愛好家にベトナムの回復力と変貌を目撃する機会を提供する、時間の旅なのだ。壁には、ベトナムの過去に敬意を表し、ベトナムの文化的タペストリーを発見するために訪問者を手招きするイベントの思い出が響いている。この国の複雑な歴史と活気ある遺産を発見することに興味がある人たちにとって、ここは必ず訪れなければならない場所である。

ホーチミン市では、ノートルダム大聖堂や旧中央郵便局で植民地時代の面影を見ることができた。大聖堂の外観と見事な内装に魅了された。郵便局の建築的な魅力と、はがきを送るというノスタルジックな行為は、この先何年も私の心に残る思い出を作った。

ノートルダム大聖堂–信仰と歴史の象徴

場所 1区Ben Nghe区Cong Xa Paris 01番地

信仰と歴史の象徴であるノートルダム大聖堂は、ベトナム・ホーチミンのダウンタウンに堂々と建っている。ベトナム語で NhàThờ ĐứcBà と呼ばれるこの素晴らしい建築物は、キリスト教の遺産や文化的意義を探求する旅行者を魅了している。1863 年から 1880 年にかけて建設されたこの大聖堂は、魅惑的な建築を誇っている。その印象的な正面と高い尖塔は、ゴシック様式とロマネスク様式の融合を示し、その壮大さで訪れる人々を魅了する。ノートルダム大聖堂周辺を散策すれば、サイゴンの雰囲気に浸ることができる。大聖堂の前にある美しい 30/4 公園は、内省のための静かな場所である。隣接してサイゴン中央郵便局や近代的なビジネス拠点があり、魅力と活気が融合している。

ベンタイン市場から大聖堂までのんびりと歩けば、そびえ立つ高層ビルから建造物まで、サイゴンの特徴を垣間見ることができる。運が良ければ、鳩の群れが飛び立ち、大聖堂の雰囲気を高めているのを目撃できるかもしれない。興味のある方は、毎週日曜日の午前 9 時 30 分から大聖堂で行われる英語のミサに参加することで、この象徴的な場所で地元のキリスト教コミュニティと礼拝に参加する機会を得ることができる。

ノートルダム大聖堂の周辺は、活気にあふれている。30/4 公園から探検を始めよう。静かな公園の中で、地元で人気の ″コーヒー ″を楽しもう。ダイヤモンド・プラザではさまざまなショッピングが楽しめ、チュングエンやハイランドなどのカフェでは街の景色を眺めながらリラックスできる。ノートルダム大聖堂周辺は、食事に関してもさまざまな楽しみがある。ゲムは米料理とコーヒーを、オン・タムはサイゴン料理を専門としている。火鍋ならダイヤモンド・プラザのラウ・コン・チュア。

ノートルダム大聖堂への旅は単なる観光ではなく、サイゴンの文化、歴史、精神的遺産に浸る旅なのだ。過去と現在がシームレスに融合し、訪れる人々を信仰の静寂と街のダイナミックなエネルギーの両方へと誘う。

旧中央郵便局へのトラベラーズガイド

場所： 1区ベンゲ、コンサパリ2番地

ホーチミン市の旧中央郵便局のドアをくぐると、まるでベトナム時代にタイムスリップしたような気分になる。1 区に位置するこの印象的な建造物は、国の歴史と見事な建築のシンボルとして誇らしげに佇んでいる。パリの象徴であるエッフェル塔の首謀者、ギュスターヴ・エッフェルによって設計されたこの歴史的建造物は、植民地時代の 1886 年から 1891 年にかけて建設された。郵便局としての機能だけでなく、ここを訪れるすべての人が体験すべき文化的重要性を持っている。

ゴシック様式とルネサンス様式の複雑な建築要素は、建物に近づくとすぐに視線を集める。そびえ立つアーチ型の屋根、繊細な鉄細工のディテール、優美なアーチを描く窓が、壮大さをほのめかす魅惑的な光景を作り出している。内部に一歩足を踏み入れると、サイゴン、チョロンとその近郊を紹介する美しく描かれた地図で飾られたホールがある。これらの地図は過去を垣間見ることはできない。また、精巧な芸術作品でもある。

20 世紀にまでさかのぼる電話ボックスは、往時の通信手段を偲ばせる魅力的なものだ。

現代ベトナムの象徴であるホーチミンの肖像画は、その雰囲気に敬意を表し、記念撮影の人気スポットとなっている。

木製のシャッターや装飾的なデザインなど、建物全体に見られるディテールをじっくりと鑑賞すると、タイムスリップしたような気分になる。その歴史にもかかわらず、旧中央郵便局は現在も郵便局として機能しており、この象徴的な場所で切手や絵葉書を買ったり、手紙を出したりすることができる。歴史的な意義に囲まれながら、郵便を送るという時代を超越した習慣を体験することができる。

敷地内には様々なショップや売店があり、お土産や地元の手工芸品、ポストカードなどを販売している。旧中央郵便局は毎日午前 7 時から午後 7 時まで開いているので、混雑を避けるには午前中に訪れることをお勧めする。ホールへの入場は無料だが、特定のエリアへの入場や中 2 階の見学は有料となる場合がある。

建築に興味がある人も、歴史が好きな人も、単なる旅行者でも、旧中央郵便局を訪れれば、ベトナムの植民地時代の過去を垣間見ることができ、ノスタルジックな時間の旅に誘われる。この象徴的な建物は、あなたに思い出を残し、この国の文化遺産に対する新たな敬意を抱かせるに違いない。

日中の市内散策から戻った私たちは、夕暮れ時の散歩に出かける前に、ホテルでくつろぐことにした。月が昇り始めた。今回の目的地は、サイゴンのエッセンスを体現するベンタイン市場に他ならない。

ベンタイン市場 – サイゴンの精神の世紀

場所 1区ベンタイン区レロイ

ホーチミンの太陽が地平線に沈み始めた頃、私たち夫婦はベンタイン市場の雰囲気にどっぷりと浸かっていた。屋台から漂ってくる魅力的な香り、そして活気に満ちた商品の数々。

私たちは市場の 4 つの入り口をのんびりと歩き回り、それぞれに品物を集めた。南側の入り口には、目もくらむような洋服、布地、ジュエリーのセレクションが目を引いた。妻はアオザイと呼ばれるベトナムの衣装の模様に魅了され、私はハンドメイドのジュエリーに見られる巧みな技に感嘆した。入り口に向かうと、食欲をそそるベトナム料理の香りが迎えてくれた。ベトナム料理の伝統として愛されているフォーを味わった。地元の人々や観光客による活気ある賑わいが、市場の雰囲気をさらに盛り上げた。

ベンタイン市場が闇に包まれると、魅惑的な変貌を遂げる。ライトアップされた屋台が小道を照らし、私たちの夜の探検に光を投げかけている。その一角に、ベトナムの多様な遺産を反映した独特の宝物で飾られた骨董品店があった。

ベンタイン市場を訪れたとき、私たちはベトナムの伝統的な風景を描いた彫刻の置物に目を奪われた。この店のオーナーは、その起源や複雑な職人技について魅力的な話をしてくれた。夜市をさらに探索すると、いたるところで隠れた宝物に出くわした。手作りの陶器から織物、地元の芸術作品まで、それぞれの作品はベトナムの文化のタペストリーを反映している。我慢できずに、サイゴンでの不思議な夜の思い出としてティーカップのセットを手に入れた。

ベンタイン市場に別れを告げるとき、私たちの心は思い出でいっぱいになり、バッグの中は探し物でいっぱいになった。この市場の時代を超越した魅力、活気ある雰囲気、多様な品揃えは、ホーチミンの中心部を探索する私たちの印象に残った。私たちの食の冒険は、ベトナムの食堂での夕食へと続いた。そこでは、温かい仲間に囲まれて、ベトナムの味が私たちの舌を再び楽しませた。

一日の終わりに宿に戻り、メコンデルタでは大切な思い出と豊かな経験を持ち帰った。

ベトナムの素晴らしい風景と豊かな歴史を探索する思い出に残る体験だった。

□□□

”どこに行っても、どこかで自分の一部になる
”

– アニタ・デサイ

~2 日目：魅惑のメコンデルタ：発見の旅

その日、私たちはホーチミンの南に位置するメコンデルタへと爽快な旅に出た。迷路のような運河、畑、果樹園、そしてこの魅力的な地域を特徴づける楽しい村々を探検した。私たちのグループは、世界各地から集まった 12 人で構成されていた。スペイン、イタリア、アメリカ、インドネシア、そしてインドの我々だ。ツアーガイドの女性は、英語は流暢ではなかったが、自信たっぷりに情報を話してくれた。

メコンデルタを訪れることは、私たちにとってずっと憧れだった。遠足の日、私と妻は期待と興奮に満ちたクラシック・メコン・デルタ・ツアーを始めた。

私たちが申し込んだツアーは、文化に浸り、美しい自然を満喫し、おいしい料理を味わう一日を約束してくれた。私たちの冒険はホーチミンのホテルからのピックアップで始まった。メコンデルタへの旅は、果てしなく続くような田園風景と広大な田んぼの景色を楽しませてくれた。ベトナムの有名なライスボウルは、本当にその評判どおりだった。

しかし、この日はちょっとした手違いでスタートが遅れた。ツアーは午前 8 時に始まる予定だった。時間だ。インド時間を基準に目覚ましをセットしたため、1 時間半遅れてしまったのだ。その結果、朝 8 時にしか起きられず、ツアーの出発に遅れてしまった。ありがたいことに、仲間の旅行者たちは理解を示してくれた。みんなに謝り、なんとか 8 時 48 分にバスに乗り込んだ。失われた時間を取り戻すため、私たちはホテルの朝食を抜かなければならなかった。その代わり、途中の道端のカフェで朝食を楽しむ機会があったのだが、そこには美しい写真を撮るのに最適なスポットがあった。

最初の停車駅はメコンレストストップだった。

ベトナムの豊かな遺産を見事に表現した手作りの工芸品や文化財など、地元の宝物をいくつか手に入れた。

メコン川に到着すると、フェリーに乗ってデルタ地帯の中心に向かった。ガンジス川のような川には水が流れ、先住民の漁師たちの家が浮かんでいた。その地方では交通手段として機能していた。川には 2 つの島があった。私たちはそのひとつに降り立った。島の奥深くまで足を延ばし、地元の人たちと果物やお茶を味わい、彼らの音楽や歌を楽しみ、貴重な瞬間を写真に収めた。

その後、ボートに乗ってデルタ地帯の運河沿いをクルーズした。青空に緑が映える静かな海は、実に絵になる光景だ。運河を漂うことで、村人たちが日常生活を営み、子供たちが水辺で遊び、漁師たちが巧みに網を投げるという、目の前で繰り広げられる生活様式を目の当たりにすることができた。

ココナッツキャンディーやサクサクのライスケーキを作る地元の工房を訪ねたのも、このクルーズの楽しみのひとつだった。熟練した職人たちがその才能を披露するのを見て、私たちは本当に驚いた。彼らが作ったお菓子を試食することもできた。気さくな売り子たちは、メコンデルタの生活についての話を聞かせてくれ、彼らの文化や伝統を理解し、尊重するのに役立った。

メコンデルタの運河を旅したとき、私たち夫婦は 2 組の家族に出会うことができた。

マレーシアから来た、母親とその娘、そしてその嫁の家族がいた。3 人とも女性だ。彼らの旅で格別だったのは、東アジアを探検するために、家庭と子供たちを 2 カ月間夫に預けたことだ。ベトナムの賑やかな通りを旅し、日本の魅力を体験し、韓国の豊かさに浸ってから帰国の途についた。家事や育児をこなす夫の能力が試されたのではない。また、家族内での強い信頼とサポートも紹介された。

私たちは、2 人の健康と、永遠に続く愛と一体感の強い絆を祈った。

アメリカから来た2組目の家族は、夫婦と夫の両親。彼らの旅は、ベトナムへの寄港を含む 3 ヶ月間、ヨーロッパとアジアを巡った。インドネシアを探検した後、彼らはベトナムの文化を受け入れ、アメリカに戻る前にタイとドバイへの訪問を計画していた。タージ・マハル、穏やかなヒマラヤ山脈、ゴアの陽光降り注ぐビーチ、ケララの穏やかなバックウォーター、ラダックの険しい山々、ラジャスタンの歴史的な城砦、肥沃なガンゲティック平原、神秘的なスンダルバンス、魅力的な丘の駅ダージリンなど、インドの名所を発見するよう、私は彼らを誘った。私たちはまた、インドの料理や複雑な工芸品についての見識も共有したが、時間の制約で会話は終わりを告げた。彼らもまた、友情と相互探求の感覚を育みながら、私たちをアメリカへ招待してくれた。

私たちの旅はまた、バ・ナ・ヒルズの景色にも連れていってくれた。そこで私たちは思いがけずアメリカから来た家族に出会い、旅の世界における偶然の出会いと共有の瞬間の魔法を浮き彫りにした。

続けて果樹園を散策し、伝統的な音楽を聴きながら、季節のフルーツを試食した。果物の風味は本当に美味しかった。私たちはメロディーを聴きながら、一ロ一口を楽しんだ。ミツバチの養蜂場を訪れたのもハイライトだった。私たちは蜂蜜の製造工程について学んだ。農場で採れた蜂蜜で作った温かいお茶を味わった。私たちはこの独特の飲み物を存分に楽しんだ。

次の逃避行では、船頭を含めて 5 人が一列に座れるボートに乗った。というのも、私たちは誰も泳ぎが達者ではなく、運河は深く、狭く、ボートの往来が激しいからだ。やがて、メコンデルタの中心にある目的地に到着し、そこで昼食をとった。メコンデルタ川岸を見下ろすガーデンレストランでの食事は、ランチタイムをより特別なものにしてくれた。田園風景は見事だった。私たちが堪能した地元の料理は、五感を満足させるものだった。

魅惑的なメコン川の旅での昼食はまさに傑作で、私たちの味覚を喜ばせ、食の冒険の印象に残るごちそうだった。緑と穏やかな川の景色に囲まれ、さまざまな背景や文化を持つ 12 人のグループが集まり、忘れられない食事体験を味わった。選ばれたメニューは、ベトナム料理の味を紹介するもので、現地のエッセンスを取り入れた料理の数々だった。ハーブと野菜をふんだんに使った心地よい野菜スープで幕を開けた。

ジューシーなバーベキューチキンとバーベキューフィッシュの完璧なグリルだ。野菜たっぷりのパリパリの春巻きは、食事に食感を加えてくれた。ベトナム名物のパンケーキ（Banh Xeo）は、サクサクとした食感と風味豊かなフィリングで、食感と味の調和を生み出し、スポットライトを浴びた。色とりどりのミックスベジタブルは、私たちの食卓に新鮮さを添えてくれた。

スチームド・ライスと濃厚なソースと風味の組み合わせを味わうことで、私たちのランチ体験は新たな満足のレベルへと昇華した。フルーツデザートがフィナーレを飾り、味のハーモニーが贅沢な食事を締めくくった。笑いと賑やかな会話の中で、私たちの昼食は分断を超えた食の喜びの共有による団結を象徴する思い出へと変わった。

昼食後、私たちは選択を迫られた。あるグループは自転車に乗り、私たちを含む他のグループは果樹園や畑を歩いて散策することにした。集合場所に着くと、ホーチミン市へ戻るバスに再び乗り込んだ。

ホーチミン市に向かう前に、ベトナム、中国、カンボジアの建築様式が融合したヴィンチャン・パゴダを訪れた。パゴダの複雑なデザインの細部に畏敬の念を抱きながら、パゴダの周囲を散策し、その重要性を吸収した。ホーチミン市に戻りながら、私たちはその日の冒険を思い出とともに回想した。クラシック・メコン・デルタ・ツアーで体験したことは、私たちが期待していた以上のものだった。この魅惑的な地域の文化や素晴らしい自然の風景を知ることができた。その日は、私たちの海外旅行のハイライトとして、しばらくの間私たちの心に残り、大切な思い出とベトナムの美しさへの新たな感嘆を残していった。

街に戻ると、別れの時がゆっくりと近づいてきた。最初に別れを告げたのはアメリカから来た家族だった。彼らの温かい笑顔と心のこもった別れは、私たちの出発の始まりを告げるものだった。バスに揺られながら、私たちの旅が共有した瞬間を味わううちに、感謝の雰囲気が充満してきた。私たちの旅のあらゆる面を綿密に計画してくれたオーガナイザーたちに感謝の気持ちを伝えるときだった。ガイドの存在と有益な説明は、私たちの経験のあらゆる部分を高めてくれた。

伝統の理解から市場のナビゲートまで、私たちのガイドが揺るぎないサポートを提供してくれたおかげで、私たちの旅は単なる観光にとどまらず、真にその土地の本質に浸ることができた。彼らの知識は、ロジスティクスの処理にとどまらず、地元料理の提案や記念品探しの手伝い、私たちが探検したすべての場所の歴史的・文化的重要性に関する魅力的な話など、多岐にわたった。感謝の気持ちと大切な思い出を胸に、メコンデルタでの冒険を私たちの旅の物語の一部にしてくれた彼らの献身と温かさに感謝しながら、私たちはホストに別れを告げた。

夜の散歩と食事

メコンデルタ旅行から戻った後、私たち夫婦はホテルで少し休憩することにした。そこで過ごした穏やかな時間は、私たちの経験の深さについて考えることを可能にしてくれた。私たちの静かな時間が驚きの出来事によって中断されることになるとは、少しも予想していなかった。

私のサークルの友人であるファイさんが、親切にもホテルまで迎えに来てくれた。気の利くホテルのマネージャーは、彼女の到着をすぐに知らせてくれた。私たちが集まるまでの間、待合室で彼女が快適に過ごせるようにした。ワクワクしながらラウンジに向かうと、彼女の歓迎の笑顔が迎えてくれた。一日の仕事を終えたばかりのファイさんは、親しみと友情を感じさせた。

言葉の壁があり、コミュニケーションが難しかったにもかかわらず、私たちの賢いホテル・マネージャーはボランティアで通訳をしてくれ、言語間のギャップを埋め、私たちの会話がスムーズに流れるようにしてくれた。私たちの出会いは、お互いの文化のエッセンスを表す贈り物を交換することで、より意味深いものとなった。シャンティニケタンのカラフルなバティックプリントのコットンウェアから、5 インチの真鍮の仏像まで、私たちはインドからの旅を象徴する記念品をファイさんに差し出した。コルカタのお菓子や軽食の数々を楽しみながら、故郷の味を堪能した。

言葉の壁があるにもかかわらず、私たちは会話を交わしながらご馳走に舌鼓を打ち、笑いと喜びに包まれた。ホスピタリティと友情という普遍的な言葉が深く響いた。ファイさんのご好意で自宅に招待していただいたが、スケジュールが詰まっていたため、お断りした。幸せな気持ちで去っていったファイさんに別れを告げ、私たちはエデンガーデンホテルでの新しい友人たちとの夜の思い出を大切にしながら、計画を続けた。

日が沈むと、私たちは水上人形劇のショーと水上レストランでの特別ディナーの 2 つの体験で 1 日を締めくくった。水上人形劇はベトナムの文化遺産の一部である。その歴史と文化を生き生きと描いている。この芸術形式を見ることで、私たちは人生や伝統についての洞察を得ることができた。

旅行者のための水上人形劇ガイド

場所 1 区ベンタイン区グエンティミンカイ 55B

ホーチミンの賑やかな通りに太陽が沈むと、私はこれから始まる文化的な旅、水上人形劇への興奮が高まっていくのを感じた。この街の中心に位置するこのショーは、伝統、芸術、エンターテインメントを融合させた、ベトナム文化ならではの唯一無二の魅惑的な体験を提供しているようだった。

このショーの舞台は、古代の物語や神秘的なディスプレイをイメージさせる名前の金龍水上人形劇場にほかならない。私たち夫婦が劇場に向かって歩いていると、ベトナム音楽の音色が漂ってきて、熱気と好奇心に満ちた雰囲気に迎えられた。劇場に入ると、すぐにその雰囲気に圧倒された。伝統的なベトナム建築のディテールは、彫刻や趣味の良い装飾で飾られ、この夜の魅力をさらに高めていた。会場は、地元の人々や観光客など、この時代を超越した芸術形態に命を吹き込むことを待ち望んでいた観客たちの会話で賑わった。

照明が落とされ、カーテンが引かれると、私たちは畏敬の念を抱かせる魔法と魅惑の世界へと連れ去られた。

舞台上の水のきらめきが、舞台照明の光を受けてやわらかく輝き、人形が登場する場面を演出した。まるで魔法に導かれたかのように、水面を優雅に移動する。公演は、ベトナムの民話、神話、日常生活の一面を描いた一連の場面で続けられた。村の子供たちが蝶を追いかける場面から、伝説の英雄と神話上の生き物との戦いまで、人形劇は巧みに作られ、私たちの想像力をかきたて、描かれる物語に没入させてくれた。

伝統的なドラゴン・ダンスでは、水底から現れた見事なドラゴンの人形が、スポットライトを浴びて鮮やかな鱗を輝かせる。舞台裏で人形遣いが巧みに操るドラゴンの複雑な動きが、この生き物に魅惑的で魅惑的な生命を吹き込んだ。パフォーマンス中、生演奏の音楽が背景となり、人形劇に感情と深みを加えていた。đàn バウや竹笛のような楽器のメロディーが客席を満たし、私たちをベトナムの伝統へといざなった。最後のシーンが演じられ、最後の人形が水面下に消えていくと、観客席から万雷の拍手が沸き起こり、一晩の幕を閉じた。

私の配偶者です。私は興奮気味にささやき合い、ショーでのひとときを思い出し、人形遣いの技術と想像力に感嘆した。

劇場を後にするとき、私たちは熱狂的なパフォーマンスの思い出ではなく、ベトナム文化と水上人形劇の時代を超えた美しさに対する深い敬意を抱いた。ホーチミンの水上人形劇は、まさに私たちの旅のハイライトであり、私たちの心に響く宝物だった。ホーチミン市で水上人形劇を鑑賞することは、旅行者を虜にする文化体験だ。世紀から始まったこのベトナムの伝統芸術は、国の豊かな遺産と伝説を称える魅惑的な展示へと変貌を遂げた。ホーチミン市への旅行中に水上人形劇の世界を探検するためのガイドブックです。

ホーチミンの人形劇について、さらに詳しい情報をお伝えします：

場所と会場金龍水上人形劇場は、ホーチミン市１区ベンタイン区グエンティミンカイ 55B にある水上人形劇の拠点。この有名なスポットは、水上人形劇体験の舞台となり、芸術性、音楽、ストーリーテリングが融合したユニークな舞台を演出する。

ショーのハイライト水上人形劇は、水上ステージで繰り広げられる魅惑的なショーで、伝統音楽のビートに合わせて、細工された人形が踊る。静かな水面を背景に、緻密にデザインされた色とりどりの人形に命が吹き込まれる。物語はベトナム語で語られるが、人形の動きや身振り手振りを通して、人生の物語、伝説、神話を伝えることで、言葉の壁を越えている。劇場に足を踏み入れると、興奮に満ちた雰囲気に迎えられることだろう。ショーは通常 45 分から 1 時間で、その間に次のようなことが目撃される：

1. カラフルな人形たち：鮮やかな色彩と細部までデザインされた人形は、民話に登場するキャラクターを描いており、パフォーマンスに華を添えている。
2. 伝統音楽：楽器の生演奏による伝統音楽は、人形劇を引き立てる魅惑的な雰囲気を作り出す。
3. ストーリーテリング人形を使って物語を伝えることは、寸劇であれ、魅惑的な伝説であれ、あらゆる年齢層の観客を魅了する芸術である。

豊かな経験をするためのヒントがここにある：

1. 予約：観光シーズンの繁忙期には、空席を保証するため、必ず余裕を持ってチケットを確保すること。
2. 到着時間：早めに劇場に到着し、座席に座ってショーの雰囲気を味わう。
3. 写真撮影通常、公演中のフラッシュ撮影は禁止されていますが、ショーの前後には特別な瞬間を自由に撮影してください。
4. 言語アシストショーのテーマや筋書きを事前に知っておくことで、より深く理解し、楽しむことができる。
5. チケット情報：現在のチケット価格と座席オプションについては、劇場のウェブサイトをご覧いただくか、直接お問い合わせください。

ゴールデン・ドラゴン水上人形劇場で水上人形劇を鑑賞すれば、ベトナムの伝統とフォークロアの世界を旅することができる。歴史好きはもちろん、ユニークなエンターテインメント体験を求める人にも魅力的だ。ベトナムの水上人形劇の魅惑的な世界に浸ることができる。水上人形劇のショーは実に魅惑的で、水上での人形劇の踊りを通して、技術と伝統的な物語を披露した。音楽と鮮やかな人形、そして熟練した人形遣いのコンビネーションが、実に魅惑的なパフォーマンスを生み出した。

その晩、私たちはサイゴン川の水上レストランで夕食をとった。料理を味わいながら、私はきらめく街の灯りと穏やかな川の流れに魅了されていた。探索と文化への没入に満ちた一日の締めくくりだった。

ホテル・エデン・ガーデンに戻りながら、私はその日の経験について考えた。ホーチミンは、その歴史を共有し、過去、現在、未来を垣間見ることを約束して、私たちを歓迎してくれた。この日は、私たちの思い出に永遠に残るような発見と美食に満ちた旅だった。ホーチミンは本当に私たちの心を奪った。

サイゴン・プリンセス –豪華ダイニングクルーズ、 サイゴン川水上レストランでのお食事

場所 4区グエンタットタイン通り5番地

ホーチミン市のサイゴン川水上レストランに乗り込んだとき、私を迎えてくれた景色に衝撃を受けた。サイゴン川のパノラマが広がり、川岸には緑が生い茂る。美しい景色を撮るために戦略的に配置されたテーブルに座り、私はベトナム料理で溢れるメニューを熟読した。シーフードから香り高いスープ、美味しいグリル肉まで、その美味しさの数々は五感の饗宴を約束してくれた。

一口ずつ味わいながら、私は味を堪能するだけでなく、文化的な雰囲気に包まれていることに気づいた。ベトナム音楽の心地よい音色が漂い、私の食事体験をより本物らしくしてくれた。水上人形劇のような、芸術性が目の前に鮮やかに浮かび上がるようなパフォーマンスに魅了された瞬間もあった。水上レストランのロマンチックな雰囲気は否定できない。ランタンに照らされたボートが揺れ、星空が幻想的な雰囲気を醸し出し、特別な夜のお出かけや心のこもったお祝いにぴったり。

私がサンセットクルーズを手配したときのことだ。

太陽が水平線の下に沈むと、空はオレンジとピンクの色調に染まり、川の水面に反射して、私たちを取り囲む自然の美しさにすっかり魅了された。一晩中、サイゴン・リバー・フローティング・レストランの歓迎チームは、私たちの食事体験のあらゆる面が本当に特別なものであることを確認してくれた。彼らのフレンドリーなサービス、細部への気配り、どんなリクエストにも応えようとする熱心さは、私たちの夜にさらなる快適さと喜びを与えてくれた。

この唯一無二の水上レストランに席を確保するには、ディナークルーズや観光客の多い時間帯に事前予約をすることを強くお勧めしたい。サイゴン川フローティング・レストランでのお食事は、食通の方にも、ロマンスを求めるカップルにも、体験を求める旅行者にも、サイゴン川を象徴する地元の文化、おいしい料理、息をのむような景色に満ちた旅をお約束します。

□□□

「旅は人を慎ましくする。を見ただろう。
あなたが世界で占めている小さな場所”

– グスタフ・フローベール

~第3日目：ホイアンへの道 – 静けさと冒険が出会う場所。

ホイアン、カムアン区アンバンベア、グループ9のダイ・アン・フー・ヴィラに泊まった。

エデン・ガーデン・ホテルの温かいもてなしと楽しい朝食を楽しんだ後、次のホイアン行きのタンソンニャット国際空港に向かった。ホテルのスタッフは、私たちのリクエストに応じて空港までのタクシーを快く手配してくれた。インドシナ時間で午前 11 時 20 分発の予定だったフライトが、なんと 6 時間 20 分も遅れ、午後 6 時発となっていたのだ。さらに、フライトは結局午後 6 時半に離陸したため、空港で丸一日を費やすことになった。

ホイアンで 1 日過ごせなかったという落胆はあったものの、私たちはこの状況を最大限に利用し、同じく遅延の影響を受けた乗客たちと交流した。航空会社のクルーは、自分たちの手に負えない遅延であったにもかかわらず、プロ意識を持って対応し、心からの謝罪の言葉を述べた。結局、飛行中に夕食が出され、午後 8 時 50 分頃にはようやく目的地のダイ・アン・フー・ヴィラに到着した。

到着すると、私たちを待っていたリゾートのマネージャー、NguyễnDuy 氏が温かく迎えてくれた。ダナン空港からホテルまでは、事前に予約しておいたタクシーで移動したため、当初の予定通りホイアン市内を 1 日散策することはできなかったが、穏やかな夜の旅を楽しむことができた。

ホイアンの静かな魅力に抱かれたダイ・アン・フー・ヴィラは、私たちのベトナム・アドベンチャーに楽しい隠れ家を提供してくれた。この居心地の良いバンガローは、緑豊かな庭、魅力的な屋外スイミングプール、丁寧に装飾されたテラスで飾られ、リラクゼーションと探検のための完璧な環境を提供してくれた。魅惑的なアン・バン・ビーチからわずか 200 メートルの場所に位置するこのヴィラの静かな雰囲気と自然との近さは、他に類を見ないものだった。ザ・ビーチ・レストランではベトナム料理や新鮮なシーフードが楽しめ、バーでは魅力的なカクテルや軽食が楽しめる。ダイ・アン・フー・ヴィラでの滞在は、快適さ、自然の美しさ、料理のおいしさが調和したもので、ベトナムでの大切な思い出となった。

ダナンへのフライトが遅れたために予定していたアクティビティがキャンセルされ、当初は落胆したものの、結果的には美しく楽しいひとときを過ごすことができ、それは私たちにとって忘れられない思い出となった。挫折を引きずる代わりに、私たちはその夜を受け入れ、地元の環境を探索することにした。ビーチの魅力に誘われて、私たちは夕食後に海岸沿いをのんびりと散歩し、海とその周辺の魅惑的な夜の雰囲気に浸った。

午後 9 時 30 分、未知の世界に飛び出した私たちには一抹の不安があったが、冒険心と好奇心は勝っていた。最初は躊躇していた私たち夫婦だったが、一緒に歩いてくれたグエン・ズイ・マネージャーの存在が心強かった。夜のホイアンやベトナムの安全について、彼の安心の言葉は、観光客への温かいもてなしと相まって、私たちの不安を和らげ、興奮を満たしてくれた。

夜の散歩は、心地よい波の音と穏やかな潮風に包まれた不思議な体験だった。道中で出会った地元の人々に歓迎され、この夜の魅力がさらに増した。あんな遅い時間に出かけた数少ない観光客にもかかわらず、私たちは帰属意識と探求心を感じた。ザ・ビーチ・レストランでの夕食が思い出深い夜をさらに盛り上げた。プレーンライス、ミートボール入りの肉汁麺、そして地元の美味しいシーフードを、爽やかな飲み物とともに味わった。ハード・ドリンクの誘惑に駆られたが、妻の好みを尊重してシンプルなコーラを選んだ。全体として、ホイアンに到着した初日の即興の冒険は、この魅力的なベトナムの町の暖かさ、もてなし、魅惑的な雰囲気を凝縮した美しく楽しい瞬間だった。

□□□

~4 日目：ゴールデンブリッジとバーナーヒルズのツアー

2018 年 10 月 14 日、私と妻は人生で最も大切な思い出のひとつとなる旅に出た。ベトナムのダナンにあるバナヒルズへの初の海外ツアーだ。興奮と喜び、そして冒険心で満たされた、私たちにとっては第二のハネムーンと呼ぶにふさわしい旅だった。

ホイアンでの最初の朝は、この地方の名物を紹介する楽しい朝食で迎えてくれた：ホイアン特産の肉まん、ふわふわのオムレツ、香ばしい鶏肉ソーセージ、風味豊かな新鮮なフルーツ、さわやかなグリーンサラダ、さわやかなオレンジジュース、紅茶かミルクを選ぶことができる。一日の始まりとしては完璧で、これから始まる冒険への活力と興奮を与えてくれた。

バナー・ヒルズへ行くまでに少し時間があったので、リゾート周辺でのんびりと写真撮影をし、周囲の美しさを写真に収めた。足取りは再び海辺に戻り、今度は明るい日差しの下、さまざまな年齢層の人々で活気あふれる光景が目に飛び込んできた。昨夜は静かな避難所だった場所が、興奮と喜びと笑いでにぎわう活気あるハブへと変貌を遂げ、見渡す限りのビーチに広がっていた。賑やかな雰囲気とは裏腹に、私たちの滞在時間は限られており、思ったよりも早くリゾートに戻ることになった。嬉しいことに、ホイアンの旅のハイライトであるゴールデンブリッジへ向かうタクシーが待っていた。

太陽がベトナムの活気ある街ダナンの上空に昇り始めたとき、私の心はこれから始まる一日への期待で満たされていた。私たち夫婦が、息をのむような風景と魅惑的なアトラクションで有名なバナヒルズへの待望の旅に出たのは、爽やかな朝だった。この旅が、静寂、畏敬の念、そして壮大な光景の瞬間を織り成す、忘れがたい体験のタペストリーになるとは、私たちは知る由もなかった。バナヒルズへの旅は、ホテルからの風光明媚なドライブから始まった。私たちはダナン市内の賑やかな通りを横切り、地元の人々の生活や街に浸透するダイナミックなエネルギーを垣間見た。1 マイルを走るごとに、私たちは魅惑的で魅了することを約束された目的地に向かっているのだと知り、期待は膨らんでいった。

バナヒルズに到着すると、その雰囲気と素晴らしい景色に一瞬で引き込まれた。太陽の暖かい日差しが景色を明るく照らした。当初は薄手のT シャツにブルージーンズを選んでいたが、突然の心変わりで、代わりに真っ赤なシャツにブラックジーンズを選んだ。この衣装の変化が、私たちの写真に色彩と個性をもたらしてくれるとは思いもよらなかった。バナの麓に着くと、壮大な風景となだらかな丘が迎えてくれた。山頂までの 30 分のケーブルカーの旅は、周囲の自然を一望できる爽快な体験だった。上り坂になるにつれ、都会の喧騒は次第に消え去り、美しいパノラマが広がっていく。

最初に立ち寄ったのは、スタイリッシュなデザインのバンガローが立ち並ぶ場所だった。複雑な建築のディテール、芸術的なセンス、精巧な装飾は、フランス統治下のベトナム植民地時代の証しである。バナヒルズで感じた喜びは言葉では言い表せない。この瞬間を永遠に大切にするために、私たちは1時間かけてセルフィーやスナップ写真を撮った。私たちが足を踏み入れたすべての角、私たちが感嘆したすべての光景は、まるで夢の中のワンシーンのようだった。

私たちが撮影したスナップショットでは、私の喜びと若返った姿は紛れもないものだった。隣にいる妻の存在が、その瞬間に輝きを添えてくれた。彼女の好奇心旺盛で楽しげな視線は、私たちを結びつける冒険と発見の精神を映し出していた。

今日、あのセルフィーを見ていると、バナヒルズでのあの日のことが思い出される。私が経験した確信と勇気は、景色からだけでなく、妻の揺るぎない励ましと愛情からも生まれていた。彼女は私に、経験を受け入れ、場所を発見し、共に永続的な思い出を築くよう動機づけた。ベトナムのダナンにあるバナヒルズへの遠足は、私たちの心に永遠に残るだろう。それは、愛と探求と喜びの共有に満ちた航海であり、私たちのつながりを深め、魂を満たす瞬間だった。最初に訪れたフランス村は、私たちを別の時代へといざなう楽園だった。石畳の小道、魅力的なヨーロッパの建造物、生き生きとした色彩が、その雰囲気を醸し出している。私たちはのんびりとした雰囲気に浸りながら、建物の建築様式に感心しながら村を散策した。

バナヒルズは、ホイアンの海岸沿いの風とは対照的な、涼しい山の気候で私たちを迎えてくれた。丘までのケーブルカーはスリル満点で、緑豊かな風景のパノラマを眺めることができた。巨大な石の手で吊り上げられたゴールデンブリッジは圧巻だった。息をのむような景色に囲まれ、宙に浮いているような感覚を味わいながら、私たちはこの驚異的な建築物を横切った。今回の訪問のハイライトのひとつであるゴールデンブリッジは、緑豊かな丘陵地帯を横切るように伸びる、重力に逆らうかのような現代建築の驚異だった。橋の上を歩くのは別世界のような体験で、周囲の山々の素晴らしい眺めと、肌をなでる涼しい山風があった。ファンタジー・パークはもうひとつの楽しい発見で、たくさんのアミューズメント・ライド、ゲーム、アクティビティが用意されていた。メリーゴーランドに乗ったり、アーケードゲームで遊んだり、スリル満点の乗り物に乗って一緒に笑ったりしながら、私たちは内なる子供を受け入れた。公園は笑いと興奮に包まれ、楽しい雰囲気に包まれていた。一日が進むにつれ、私たちはバナヒルズに点在するさまざまなアトラクションを探検した。そびえ立つ仏像と静寂に包まれたリン・ウン・パゴダは、静寂と内省のひとときを与えてくれた。

バナヒルズガーデンは、色とりどりの花が咲き乱れ、緑が生い茂り、渓谷のパノラマが眼下に広がる緑豊かなオアシスだ。私たちは自然に抱かれ、新鮮な山の空気を吸い、周囲の静けさを満喫していた。太陽が下降を始め、バナヒルズに黄金色を投げかけながら、私たちはその日の冒険を振り返った。それは、畏敬の念を抱かせる瞬間、分かち合える笑い、そして自然の美しさと人間の創造性への深い感謝に満ちた旅だった。ダナンへ戻るとき、私たちの心は満たされ、一生の思い出でいっぱいになった。バナヒルズは私たちに魔法をかけ、魂に消えない痕跡を残し、この不思議な世界をもっと探検したいという欲求に火をつけた。

丘の上での探検の一日を終えて、私たちは食事のためにダナンへ戻った。この街の料理は期待に違わず、私たちはベトナム中部の風味を表現した料理に舌鼓を打った。ホイアンに到着した夕方、私たちは2日間を埋め尽くした静かなビーチでの体験、にぎやかなナイトライフ、エキサイティングな逃避行を思い出した。ホイアンは、リラックスとスリリングな瞬間が混在し、私たちの心に永遠に残る思い出を作ってくれた。私たちは、この魅力的な町で私たちを待ち受けている宝石や驚きを発見しようと躍起になっていた。

マーブル・マウンテン・パゴダとノンヌオック石彫村の訪問

ダナン市には、手作りの建築、自然の景観、宗教的価値が見事に融合した山寺がたくさんある。

ダナンの素晴らしさを探求するため、妻と私はマーブル・マウンテン・パゴダとノンヌオック石彫村への思い出に残る旅に出た。バナー・ヒルズでの魅惑的な朝、ダナン市内での満足のいく昼食と、私たちの一日はすでに興奮に満ちていた。さて、私たちはこの地域が提供する文化的、芸術的な宝物をより深く掘り下げる準備ができた。

マーブル・マウンテン・パゴダに到着してすぐに、私たちは景観を決定づける大理石の造形の壮大さに魅了された。山々に囲まれたパゴダは、平和とスピリチュアリティのオーラを放っていた。丘の上に登ると、パゴダを飾る彫刻や古代の建築の細部を鑑賞することができた。

高台からはダナンの街並みや周辺の景色が一望でき、ベトナムの自然の素晴らしさに魅了された。パゴダ内の静けさと、畏敬の念を抱かせるパノラマが相まって、私たちの訪問は豊かな経験となった。

大理石や石を彫刻する職人の技術で知られるノンヌオック石彫村を訪れた後、私たちは散策した。原石から細密な彫像や彫刻、装飾品を生み出す驚くべき職人技に感嘆した。職人たちと交流することで、彼らの技術や仕事の文化的意義について学ぶことができた。ベトナムの石彫りの遺産を守るために、伝統的な手法が何世代にもわたって受け継がれてきたのを目の当たりにして、本当に心を奪われた。

マーブル・マウンテン・パゴダとノンヌオック石彫村で出会った美しさと文化の奥深さを振り返った。探検、インスピレーション、そしてこの魅惑的なダナン地域を特徴づける芸術性と歴史への深い感謝に満ちた一日だった。

ダナン観光の後、私たちはホイアンのダイ・アン・フー・ヴィラに戻った。タクシーはリゾートのエントランスで私たちを優雅に降ろしてくれた。夜には、気の利いたマネージャーがサプライズを用意してくれていた。

彼は、時代を超越した魅力と歴史的重要性で知られるユネスコの世界遺産、ホイアン旧市街での夜の散歩を計画した。

ホイアンに夜が訪れると、町は魅惑的なパラダイスに変わった。ランタンが通りを照らし、屋台料理の香りが漂う旧市街の中心部を探検した。ナイトマーケットでは、さまざまな土産物や地元の工芸品で私たちを魅了した。夕食は川沿いの食堂で、名物のカオラウや白バラ餃子などを味わった。伝統的な音楽が食事の背景となり、魅惑的な雰囲気だった。夕食後、町を流れるトゥー・ボン川をボートで遊覧した。ランタンが水面に映り、ロマンチックな雰囲気を醸し出している。文化、料理、交友が融合した忘れられない夜となった。

ホイアンでの最終日は、朝 6 時にホイアン・ビーチの海岸沿いを散歩することから始まった。穏やかな波の音と潮風が、私の感覚を目覚めさせた。

ビーチの雰囲気にリフレッシュした気分で砂浜を歩きながら、私は記念に貝殻を集め、静けさを味わった。

しかし、妻はその日のスケジュールが詰まっていて疲れているようだった。ダナン市内、バーナーヒルズ、ホイアン市内を、遅れに遅れて 1 日で駆け足で回った。彼女が休息を求めていることを察した私は、ダイ・アン・フー・ヴィラから歩いてすぐの海辺をひとりで散策することにした。

ビーチでの朝は本当に幻想的だった。太陽は東から穏やかに昇り、きらめく海に輝きを投げかけていた。他の人たちと一緒に、海岸沿いをのんびりと散歩し、ときどき爽やかな海水に足を浸した。散歩の途中、イギリスから来た紳士と話をした。彼は私の黄色と黒のコットンシャツの柄に感心していた。シャンティニケタンのろうけつ染めスタイルにインスパイアされている。私たちはストーリーを共有した。コルカタとシャンティニケタンでの旅の物語。

朝になり、私は友人に別れを告げた。地元の市場を少し歩いた。後で楽しむためにドラゴンフルーツとライチを買った。ヴィラに戻ると、妻はすでに朝食のために起きていた。海辺で過ごした朝のことを話しながら、一緒に食事を楽しんだ。ヴィラに戻ると、伝統的なベトナムの朝食の香りに迎えられた。果物や香り高いコーヒーとともに温かいフォーを食べれば、エキサイティングな探検の一日が始まる。

朝食をとり、少し休んだ後、私たちは冒険の準備をした。幸運なことに、ダナンからハノイへのフライトは定刻通りだった。

□□□

「本当の大航海とは、次のようなものではない。
新たな風景を求めるのではなく、新たな目を持つことにある」。

– マルセル・プルースト

~5 日目：～ハノイの歴史と味に触れる一日

ハノイ・ノスタルジア・ホテル＆スパ（13Phố LươngNgọcQuyếnHàngBuồm11010 HàNội）に泊まった。

ハノイに到着すると、暖かい午後と興奮と好奇心に満ちた活気ある街並みが私たちを迎えてくれた。ホテル・ノスタルジアまでのタクシーは快適で、紅河に架かる NhậtTân 橋など、ハノイの発展を示す近代的な斜張橋を含む街の名所を垣間見ることができた。

ホテル到着後、ダナンからの旅の疲れを癒す。ハノイを探索する興奮は目に見えるもので、特にガイドのウォーターさんが私たちを市内観光に連れて行ってくれると知っていた。

私たちが最初に訪れたのは、ハノイの歴史と建築遺産についての洞察を提供するマー・メイ通り 87 番地の家だった。細かな木彫り、伝統的なデザイン、年代物の調度品から、住民の生活を覗くことができた。どの部屋も往時の物語を彷彿とさせ、このような邸宅を建てるために費やされた技術と配慮を物語っているようだった。

その後、カテドラル教会やホアンキエム湖の静謐な美しさに見とれながら、フレンチ・クォーターを散策した。建築とベトナムの伝統が美しく融合し、それぞれの建物や記念碑がハノイの豊かな歴史を物語っていて、本当に魅了された。湖の周りを散歩し、ハノイの日常生活の雰囲気に浸った。ホアロー刑務所への訪問は、ベトナムの人々の回復力と精神を示し、ベトナムの過去を垣間見る厳粛な啓蒙となった。

ホアンキエム湖沿いをぶらぶら歩いていると、小学生たちとの出会いがハノイでの一日に心温まるタッチを加えてくれた。ガイドのウォーターさんが、公園に集まった若者たちを紹介してくれた。私は彼らの英語力と会話への熱心さに驚いた。私がインドの話をすると、彼らの顔は喜びに輝き、シャールク・カーンやアミール・カーンといったボリウッド・スターへの憧れや、人気テレビ番組『CID』への愛を分かち合った。おしゃべりをしている間に、彼らの夢や目標が目の前に広がっていった。探検家志望から宇宙飛行士、コンピューター・エンジニアまで、彼らの熱意と好奇心は実に刺激的だった。

夕方の散歩の途中で、スパイスとソースで味付けしたマンゴーを売る露天商に出くわした。その光景と香りは、母に反対されながらもマンゴーのピクルスを楽しんでいた子供の頃の記憶を瞬時に呼び起こした。家族団らんのひととき、愛する人と分かち合うおいしい食事を思い出す瞬間だった。私はニヤニヤしながら、『子供たちには何でも食べることを覚えさせなさい』ということわざを思い出した。

私はつい、ウォーターさんにあのお菓子を買ってきてくれるよう頼みたくなった。私たちはスパイシーなマンゴーを楽しみながら、湖の周りをのんびりと散歩し、味だけでなく、思いがけない出会いや大切な思い出といった素朴な喜びも味わった。

長い散歩の後、お腹が空いた私たちは有名なシーフード・レストラン、フォー・ビエン（Pho Bien）に行き、一口ごとに海の新鮮さを味わう料理の数々に舌鼓を打った。ハノイの中心部にある隠れた名店、Ca Phe Pho Co のエッグコーヒーで一日を締めくくった。コーヒーのクリーミーな粘りと豊かな香りが、私たちの逃避行の締めくくりとなった。

ハノイの夜が終わり、私たちはホテルの入り口でガイドのウォーターさんに別れを告げた。彼女の知識、話、そして仲間は、私たちにハノイの文化と歴史を理解させ、街の探索に深みを与えてくれた。彼女の時間と、私たちと分かち合ってくれた豊かな経験に対する感謝の気持ちを表すために、私は金銭という形で彼女に感謝の印を押した。しかし、水さんが、彼らのガイドサービスは学習と教育に重点を置いており、贈り物を受け取ることは彼らの原則に反すると説明し、丁重に断ったのには驚いた。

私は彼女の教育への献身に心から感銘を受けた。私たちのような訪問者に経験を提供することへの彼女のコミットメント。彼女の謙虚さと知識を分かち合う熱意は、旅の出会いにおける交流と尊敬の重要性を強調し、私の心を打った。私たちはそれぞれの道を歩きながら、ハノイ滞在中に築いたつながりを振り返っていた。彼女が支払いを拒否したことは、私たちのベトナムの旅を特徴づけていたホスピタリティの精神と真摯な心遣いを物語っていた。

ホテルに戻り、ハノイで出会った建物や街並み、おいしい食べ物を思い出しながら、私たちの街探検は始まったばかりだと思うとわくわくした。家々を探索したり、通りをぶらついたり、郷土料理を味わったり……ひとつひとつの体験が私たちに深い感動を与え、これからの数日間に待ち受けるたくさんのエキサイティングな瞬間を予感させた。

~第 6 日 ハロン湾観光

ラパス・リゾート／トゥアンチャウ・リゾート・ハロン（トゥアンチャウ島、ĐườngNgọcChâu）に泊まった。

私たちのハロン湾への旅は、驚きと格別なもてなしを織り交ぜて、私たちの旅を本当に忘れがたいものにしてくれた。すべては運命のいたずらから始まった。予期せず、海沿いのリゾート棟に予約していたデラックスルームが空いていなかったのだ。しかし、期待はずれに思えたのが一転して、丘の中に佇む 2 階建ての素敵なバンガローに温かく迎えられ、素晴らしい景色と穏やかな静けさに包まれた。

スタッフの温かな歓迎と、音楽コンサートとイブニング・ミールで受けた特別待遇は、私たちの体験に贅沢なタッチを加え、信じられないほど特別な気分にさせてくれた。新しい宿泊先では、この地域から離れているのではないかという心配もあったが、私たちは静かな環境と美しい景色に魅了された。東向きのフロアにある私たちの広々とした部屋からは、眼下に街とビーチが見渡せ、魅力的な滞在の背景となった。

正午頃、タウンスア島のラパス・リゾートに到着した私たちは、ハノイのノスタルジア・ホテル＆スパで荷物を預けた後、ワクワクしながらほとんどの荷物を預けた。

ユネスコの世界遺産であり、世界の七不思議のひとつであるハロン湾のクルーズに出発するとき、私たちは興奮に包まれた。

ボートに乗ってエメラルドの海をクルージングしていると、熱帯雨林に覆われた石灰岩の島々がそびえ立ち、それぞれが古代の物語をささやくようなオーラに包まれているのに魅了された。隠された洞窟や石窟は、私たちをハロン湾の魅惑的な美しさへと誘う驚嘆の世界を見せてくれた。ハロン湾での時間は、息をのむような自然の美しさと温かいもてなしの融合であり、私たちに大切な思い出と地球の多様な風景に対する新たな感心を残してくれた。

トゥアンチュア島の港からデラックス・クルーズに乗り込むと、ハロン湾を巡る忘れられない旅の舞台となる飲み物で歓迎された。レセプションの後、フロントデッキのレストランに案内され、大きな窓から海のパノラマを眺めた。そよ風が雰囲気を盛り上げ、私たちはご馳走の準備をした。

味覚のフュージョンを披露する8品のランチコースは、まさに格別だった。

この日のメニューは、キュウリとトマトのサラダ、ジューシーな海老、ハロン名物のイカの炒め物、セロリのシャキシャキしたベトナム風春巻き、風味豊かな鶏肉とキノコの炒め物、魚のトマトソース、野菜炒めのミックス、香り高い炊き込みご飯、そして新鮮な季節のフルーツの甘いフィナーレ。

この食事を楽しんだ後、私たちは2階建ての客船の屋上に向かった。そこには緑陰の長い芝生があり、居心地のいい椅子が私たちを待っていた。ハロン湾の美しさを堪能できるスポットだった。涼しい海風に微妙な霧と明るい日差しが混ざり合い、雰囲気を盛り上げていた。

浮き岩と緑豊かな島々に囲まれた湾内をクルーズしていると、まるで写真家のファンタジーのような絵のような景色が広がっていた。屋上では、ハロン湾の素晴らしい自然を背景に、自撮り写真を撮ることができる。ハロン湾の端に立つと、探検と冒険の一日への興奮で胸がいっぱいになった。この湾を4時間から4時間半かけてクルージングし、たくさんのアクティビティを楽しめるということで、私はとても楽しみにしていた。

それは、ベトナムのハロン湾の息を呑むような自然の美しさと食を組み合わせた体験だった。

ボートが旅を始めると、私たちは周りの景色に魅了された。石灰岩でできた島や小島が、まるでプロテクターのように水面から浮かび上がっている。湾のどの角を曲がっても、自然の素晴らしさが目に飛び込んでくる。私たちの旅の目的のひとつは、多くの名所を紹介するガイドツアーだった。私たちは、長年にわたる風と水の浸食によって形作られた、そびえ立つ石の形に畏敬の念を抱くと同時に、ハロン湾の過去を特徴づける民間伝承や物語について学んだ。天宮洞窟を訪れ、鍾乳石や石筍で飾られた部屋に足を踏み入れると、私は驚きを感じた。光と闇が交錯する洞窟内は、この洞窟が自然の驚異として賞賛される理由を強調する雰囲気を作り出している。

バ・ハン（Ba Hang）地区や近隣の漁村を探索するカヤック・アドベンチャーでも興奮は続いた。静かな海をカヤックで静かにクルージングしていると、私たちは穏やかで平和な感覚に包まれた。頭上にそびえ立つ石灰岩のカルスト地形は、自然の美しさに対する畏敬の念と賞賛を呼び起こした。何人かの旅行者は、湾に沿って点在する魅力的な漁村を探索するために、水面を静かに滑る竹ボートに乗ることを選んだ。ハロン湾の悠久の魅力を背景に、穏やかな波に揺られる漁師たちの生き生きとした船の生活を垣間見ることができた。

日が暮れて岸に戻ると、私はハロン湾の魅力に思いを馳せていた。その自然の壮大さと出会いは、私の精神に永続的な印象を残した。ハロン湾は、魔法と驚きに満ちた宝の山という評判通りの場所だった。

ハロン湾クルーズの終わりに近づき、私たちは楽しいアフタヌーンティー・サービスを受けた。周囲に広がる息をのむような風景の片鱗に浸りながら、お茶を味わうひとときだった。私たちがくつろいでいると、2 人の愛想のいい女性が貝殻や真珠、牡蠣で作った工芸品を見せながら近づいてきた。

私の妻は、この魅力的な場所で過ごした時間の記念として、真珠のネックレスに一目惚れした。一方、私はハロン湾やベトナムの有名な観光地の写真を使ったキーホルダーを選んだ。ホーチミン、ダナン、ホイアンを訪れてすでにかなりの数の土産物を集めていたにもかかわらず、思い出を大切にするためにいくつかの品物を手に入れずにはいられなかった。

午後 5 時ごろに港に戻ると、次の旅への移行はスムーズだった。リゾートに向かう迎えの車が待っていた。荷物を解き、身なりを整えた後、私たちは夕方6時半頃にビルに向かった。

ハロン湾の美しさと響き合うメロディーが空気を満たす魅惑的な音楽パフォーマンスで、夜は活気づいた。きらめく照明がロマンスを添え、魅惑的な雰囲気だった。コンサートの後、私たちはベトナム料理の夕食を楽しんだ。

ハロン湾での1日は、冒険と新しい発見、そして文化への深い潜り込みで見事に幕を閉じた。夜の部屋に落ち着いたとき、私たちが作った思い出と旅の間に集めた貴重なお土産に感謝の気持ちがこみ上げてきた。

□□□

”年に一度、行ったことのない場所に行く”

– ダライ・ラマ

~7 日目：ハノイに戻る

ハロン湾のタウンスア島にあるラパス・リゾートでの滞在を楽しんだ後、私たち夫婦はハノイに戻る旅に出た。朝 7 時半の朝食の後、私たちは一度だけタウンスア島の美しさを堪能しようと思い、散歩に出かけた。のんびりと港に向かって歩いていると、太陽が明るく周囲を照らしていた。港に着くと、ハロン湾への旅の思い出がよみがえった。私たちは、どこを切り取っても興奮と冒険に満ちた魅惑的な島々を巡る、畏敬の念を抱かせるクルーズの思い出を語った。ベトナムでの時間は終わりに近づいていた。一緒に作った思い出は、私たちの心の中で永遠に大切にされるだろう。1 時間ほど島の魅力に浸ったあと、ラパス・リゾートに戻った。夜から荷物をまとめて、私たちはすぐにチェックアウトした。リゾートが手配した E リキシャが出発手続きのために本館まで運んでくれるのを待った。

ハノイ・トランスファー・サービス（HTS）のチームは、私たちがインドからオンラインで手配したハロン湾ツアーと、目的地での宿泊をすべて手配してくれた。

HTS がハノイからハロン湾までの往復で 4 人乗りの車を手配してくれたのには驚いた。快適でスタイリッシュな旅は、すでに思い出深い旅にさらなる楽しみを加えてくれた。

ビルに着くと、私たちをハノイまで運んでくれる車が待っていた。ハロン湾の美しさに別れを告げるのは、さまざまな感情が入り混じったものだった。そこで過ごした素晴らしい思い出に感謝している。ハノイに向かう途中、私たちはハロン湾クルーズの旅の冒険と幸福について回想した。

午後 3 時頃、ホテル・ノスタルジア・ハノイに到着した。途中、昼食休憩をとった。ホテルに到着後、クロークで荷物を受け取った。部屋に向かう。夕方、私たちは散歩に出かけた。少しお腹が空いたので、スナックとコーヒーを買いにカフェに寄ることにした。夕暮れが近づくと、通りは魅惑的な光で照らされ、街は夜の賑わいに包まれた。

地元の市場は、住民と世界中から来た旅行者の両方が集まる夜のために準備を整え、活気にあふれていた。夜が更け、ハノイの景色と音に浸りながら通りを散策すると、幻想的な雰囲気に包まれた。ハノイの魅力であるナイトライフや賑やかな市場を紹介する役割を果たした。

ホテルのスタッフは、ハノイのナイトマーケットに行くことを勧めてくれた。幸い、市場は歩いて行ける距離だった。ハノイとベトナムでの最後の夜だったので、私たちは徒歩で散策し、この夜を最大限に活用しようと決めていた。

Hotel Nostalgia Hanoi に滞在中、機能的なバスルームスリッパが用意されていることに気づかなかった。私が注目したのはそのデザインで、濡れた状態でも水分を逃がしやすいミシン目が入っているため、保水性がないのだ。実用的なだけでなく、足に不快感や刺激を与えることなく、驚くほど快適だった。その実用性に感動した私は、記念に一足買って帰ることにした。

ホテルのデスクでこのスリッパについて尋ねると、ナイトマーケットで売っていて、値段も手頃だと教えてくれた。この目標を念頭に置いて、市場での最初のミッションはこのスリッパを探すことだった。探した結果、私が欲しかったスリッパを扱っている店を偶然見つけた。さっそく購入した。

毎週金、土、日曜日の夜 8 時から 11 時まで営業しているハノイ・ナイトマーケットは、ドン・キン・ギア・トゥック広場からドンスアン市場の入り口までの約 3 キロに及ぶ。私がすぐに注目したのは、入場無料というアクセスの良さと居心地の良さだった。通りは交通から遮断され、歩行者天国となり、観光客と地元の人々が自由に交流した。様々な商品を提供する露店が並び、宝物で溢れかえっていた。ベトナムの文化遺産を紹介する工芸品から、エレガントな陶磁器、流行の衣類、ユニークな記念品まで、誰もが目を奪われるものがあった。値段も手ごろで、バーゲンハンターにも土産物マニアにも理想的なスポットだった。

有名なウィークエンド・ナイト・マーケットに足を踏み入れると、私たちは期待に胸を膨らませた。

私たちはすぐに、この有名なナイトマーケットの雰囲気にどっぷりと浸かっていることに気がついた。太陽が地平線に沈むと、賑やかな通りは色、音、匂いのミックスで活気づき、探検と楽しみの夜を約束した。マーケットは、屋台、地元業者、観光客、住民が文化体験、芸術品、工芸品、おいしい食べ物でいっぱいの夜を提供する拠点へと変貌を遂げた。それはまるで、さまざまな商品を紹介する露店が並ぶ宝の山を発見したかのようだった。私たちはすぐに、展示されている製品の数々に目を奪われた。工芸品から陶磁器、流行の服飾品まで、たくさんの選択肢があった。10 万から 20 万ドンのお土産は、愛する人の家への贈り物として目立った。手工芸品の質の高さには本当に感心させられた。

買い物の機会だけでなく、この市場は食べ物好きにとってもパラダイスだった。ブンタン、ラヴォン焼き魚、フォー麺、バインミーサンド、ブンチャーミートボールなど、名物料理の魅力的な香りが充満している。

15,000 ドン（約 1,000 円）から楽しめる料理は、楽しい食の旅を演出してくれる。

湯気の立つフォーから、風味豊かなバインミー・サンドイッチ、ジュージュー焼ける串焼きまで、さまざまな料理を堪能した。

土曜と日曜の夕方の市場は、ライブ・パフォーマンスが雰囲気を盛り上げ、活気に満ちていた。ベトナムのオペラ、伝統音楽、現代音楽のショーが行われ、時折アーティストが登場し、地元の人々や観光客を楽しませた。活気に満ちたエネルギーと心のこもったパフォーマンスは、忘れがたい印象を残した。

ハノイの都会的な生活の中で際立っていたのは、家族連れが週末の楽しみの時間を作っていたことだ。混雑にもかかわらず、一体感と幸福感が漂っていた。

子どもたちが親と一緒にショーを心待ちにしているなか、私たちはストリートパフォーマンスの準備をしているアーティストたちに出くわした。両親が見守る中、彼らが舗道に座ってエンターテイメントに夢中になっているのを見ると、ほのぼのとした気持ちになる。近くのミュージシャンが楽器をチューニングし、興奮と祝賀ムードを盛り上げた。私たちは探検を一時中断してこの光景を眺め、ストリート・パフォーマンスに没頭し、その瞬間をカメラに収めた。エネルギーが伝染した。その瞬間、私たちは芝居の世界に引き込まれた。他の出席者と共に笑い、楽しむ。

その一角では、音楽家たちがフルートで魅惑的なメロディーを奏で、周囲を音楽で満たしていた。その魅惑的な曲は、私たちをハーモニーの世界へといざない、一瞬、音楽の魔法にかかったかのようだった。芸術や文化との自然発生的な出会いは、ハノイ・ナイトマーケットの訪問をより豊かなものにした。

ハノイ・ナイトマーケットの活気に包まれながら、私たちは露天商や店員たちが競い合う光景に没頭した。配偶者と路地を散策しているとき、私はストリートフードの味を彼女に伝えずにはいられなかった。彼女はためらいながらも、結局はそうした。私たちはベトナム料理の数々でもてなすことにした。フォーを味わい、バインミー・サンドイッチに舌鼓を打った。焼き肉を楽しみながら、料理を堪能した。フォーのスープは、骨スープ、米麺、薄切りの牛肉が見事に融合した一品だった。

もやし、新鮮なハーブ、ライムのくし形切り、唐辛子が添えられ、風味と新鮮さを引き立てている。フォーは鶏肉でも野菜でも好みに合わせて作れることがわかった。バインミー・サンドイッチを食べてみて驚いた。パリパリの皮と柔らかいバゲットの内側には、たっぷりと具が詰まっている。私たちは、肉のフィリング、野菜のピクルス、コリアンダー入りのバインミー・ティットを選んだ。ベジタリアン・オプションには豆腐と新鮮な野菜が使われ、食感と風味がミックスされている。タンドリーのような焼き肉が好きな私としては、タンドリー料理を彷彿とさせるベトナムの焼き肉を味わわずにはいられなかった。焦げた風味がスパイスと見事に調和し、食欲をそそる組み合わせとなった。興奮のあとをクールダウンするために、屋台の棒付きお菓子やインドのクルフィ・マライを楽しんだ。

ストリートフードを試食した体験は、味、食感、香りの融合であり、ハノイの食の伝統に対する深い賞賛を与えてくれた。

私たちのベトナムでの時間は、食事と文化探索のミックスで完璧に締めくくられた。ベトナムの屋台料理を味わいながら、活気あるハノイ・

ナイト・マーケットで空腹はさらに増し、夕食のレストランを探すことになった。検索してみると、ホテルの近くにタンドールレストランがあった。私と妻は、焼きたてのナン・パン、クリーミーなチキン・コルマ、さわやかなマンゴー・ラッシーを注文した。タンドール・レストランでの食事は、旅行中に恋しくなった故郷の味を思い出させてくれ、祖国の思い出を呼び起こさせてくれた。特に、最後のインド料理はその数日前にホーチミンで食べたのだから。

さらに驚かされたのは、タンドール・レストランのオーナーが私たちの故郷、ベンガルのディーガ出身だったことだ。ルーツと言葉を持つ誰かに会うことは、ある場所で家族に再会するような気分だった。

ツアーの冒険を思い出しながら、彼のビジネスベンチャーと私の職業について話をした。彼は家族のエピソードも披露してくれ、夕食に華を添えてくれた。夜 10 時頃、ホテルの支配人から 10 時半までに来るようにと念を押されたので、オーナーに別れを告げた。ベトナムの旅に故郷を感じさせてくれた温かいつながりとおいしい食事に感謝しながら、急いでホテルに戻った。

ハノイのウィークエンド・ナイトマーケットでの時間を要約すると、この街の文化、職人技、フードシーン、そして賑やかなエンターテイメントに飛び込んだということになる。ハノイのナイトライフとショッピングのエネルギーに浸りたい人には、間違いなく必見の場所だ。

□□□

~8 日目：コルカタへ戻る

確かに、妻の揺るぎないサポートが、このベトナムへの旅に出る自信と勇気を私に植え付けてくれた。魅惑的なベトナムの地に別れを告げるとき、私たちの心は思い出とベトナムの魅力への新たな賞賛でいっぱいになった。私たちの滞在は、インドとベトナムの根深いつながりと、苦難の時代における精神の回復力を浮き彫りにする、まさに変容に満ちたものだった。

ベトナムでの最終日は、私たちの心に永遠に刻まれる瞬間と経験で満たされた。前夜はナイトマーケットを歩き回り、ベトナムの伝統料理や珍味を味わい、地元の音楽と国際的な雰囲気のハーモニーを楽しみながら、グローバルな文化の融合に浸った。ベトナムの伝統を紹介する大道芸を見るのも、タンドールでインド料理に舌鼓を打つのも、一瞬一瞬が貴重な宝石のように感じられた。

朝は 7 時 50 分、食堂での朝食から始まった。部屋は世界各地から集まった旅行者で賑わい、多様な文化と言語が織り成すタペストリーのようだった。ベトナム語のメロディーが静かに流れ、花の香りが漂っていた。

朝食は、ライス、麺類、サラダ、パン、果物、卵、肉、魚など、あらゆる嗜好に応える品揃えだった。熟練したシェフが注文を受けてから作るオムレツは、食卓に華を添えてくれた。食事は、フルーツジュース、ミルク、紅茶、コーヒーなど、さまざまな飲み物で引き立てられ、これから始まる実り多い一日の始まりを予感させた。

満足のいく朝食の後、私たちはホテルのテラス・ガーデンで思い出を写真に収めた。私はプールで泳ぐつもりだったが、恥ずかしさと妻のためらいから、泳ぎの専門知識がない私たちは躊躇してしまった。

午前 9 時にホテルをチェックアウトし、歓迎してくれたスタッフに別れを告げ、午後 12 時 10 分のシンガポール行きのフライトのためノイボイ国際空港へ向かった。シンガポール航空に搭乗すると、指定された座席と機内で提供されるおいしい昼食が待っている。

シンガポール港の上空を畏敬の念をこめて舞い上がると、眼下には生命に満ち溢れた海が広がっていた。写真を通してこれらの魅惑的な光景を捉えることで、自然の驚異を上空から鑑賞することができた。

午後 3 時 2 分、シンガポール国際空港に到着した私たちは、旅先での夕食を楽しみに、午後 7 時発のコルカタ行きの飛行機に乗り込んだ。時差ぼけやフライトの疲れと闘いながらも、私たちの旅の経験は、魅惑的な景色やおいしい料理によって豊かなものになった。

コルカタのネタジ・スバシュ・チャンドラ・ボース国際空港に降り立ったのは、午後 11 時 10 分（IST）頃だった。私たちは、この遠征で得た有意義な経験と大切な思い出に感謝しながら、満足感とともに旅を振り返った。

□□□

「もしあなたが 22 歳で、体力があり、学び、より良くなることに飢えているなら、ぜひ旅に出てほしい。

– アンソニー・ボーデン

エピローグ

ベトナムへの旅は本当に素晴らしく、目を見張るものだった。私たちは、自国の文化を受け入れながら未来に向かって前進するこの国の回復力に魅了された。地元の人たちの親切さと親しみやすさが、私たちの旅に華を添えてくれた。ベトナムを去るとき、私たちは大切な思い出と、多様性の美しさに対する新たな認識を胸に刻んだ。ベトナムは私たちの心に傷を残した。この魅惑的な土地に戻ることを心待ちにしている。

ベトナムの知られた地域を 8 日間かけて探検したことは、この国の歴史、伝統、自然の素晴らしさを掘り下げることができた豊かな冒険だった。人々の温かさと素晴らしい風景は、私の心に深い印象を残した。コルカタに戻ったとき、私は思い出を持ち帰っただけでなく、この素晴らしい国との深いつながりを感じた。この経験は、旅がいかに私たちの視野を広げ、人生を豊かにするかを教えてくれた。

ベトナムの旅を振り返り、私は場所を発見し、宝石を発見する魔法に畏敬の念を抱いている。毎日が、伝統と現代的な願望、そして勇気を持って困難に正面から立ち向かってきた国のたくましい精神の融合であった。

ハノイの街並み、ハロン湾の美しさ、ホイアンの豊かな歴史......私たちの世界がどれほど多様で魅惑的なものであるかを考えると、本当に驚かされる。

道から外れて探索することで、ベトナムでは宝石を発見することができた。地元の人々と食事を共にしたり、思いがけず才能ある職人に出会ったり、ただ自然の静けさに身をゆだねたりと、旅の中で忘れられない思い出を刻む瞬間に出会うことができた。これらの経験は、私が想像もしなかったような形で、この国と人々との絆を深めてくれた。

旅行とは、チェックリストの目的地をチェックするだけではない。永続的なつながりを築き、視野を広げ、この世界を彩るタペストリーを受け入れることなのだ。ベトナムは私の心に、思い出ではなく、見慣れた地平線の向こうにあるものへの新鮮な驚きを呼び起こす足跡を残した。旅日記のこの章を終えるにあたり、共有した思い出と知恵に感謝している。旅の途中で築かれた人間関係。ベトナムの探検は終わったが、その魅力、回復力、温かさの記憶は、インスピレーションとして、旅の思い出として、そして場所を発見することの魅惑を思い出させてくれるものとして、私の中に残り続けるだろう。ベトナムでまた会う日まで、 xin chào và t ạ m bi ệ t 、こんにちは、そしてさようなら。

私の旅行記を、サンクアンの形をした詩で締めくくりたいと思う。

ベトナム

旅行
エキゾチックで趣がある、
計画すること、知ること、リラックスすること
、
絵に描いたような旅だった、
外国人だ。

ホイアン
古代、町、
楽しむ、探求する、撮る、
それ自体が歴史を背負っている、
海辺。

ダナン
ロマンチック、風光明媚、
旅すること、楽しむこと、魅惑すること、
ゴールデンブリッジに魅せられて
中間点。

料理、

口の中が水っぽくなる、

食べる、楽しむ、見る、

ボット・チェン、バイン・コット、ゴイ・クオンなどがある、

メニュー

ベトナム旅行を計画する前にインターネットから集めたベトナムに関連するいくつかの情報。

ベトナムの鮮やかな四季を発見 いつベトナムを訪れても、この魅惑的な国は忘れられない体験を約束してくれます。一年を通して、ベトナムは様々な体験のタペストリーを提供し、各月がこの魅惑的な国の新たな一面を披露する。

<u>ピークシーズン</u>

ベトナムを旅する計画を立てるなら、7 月と 8 月の活気あふれるハイシーズンを考慮しよう。賑やかな都市、手つかずの自然が残る海岸線、そして豊かな文化のタペストリーが旅人を誘うこの数カ月。ただし、特に絵のように美しい海岸線沿いでは、物価の高騰に備える必要がある。最高の宿泊施設を確保するには、余裕を持って予約するのが賢明だ。この期間、極北を除く全土が暖かく湿度の高い条件に包まれるが、時折、劇的な夏のモンスーンの雨に見舞われる。

7 月–ハイシーズンと壮大な花火。

7 月に入るとハイシーズンとなり、特に沿岸部では宿泊料金が上昇し、混雑が予想される。6 月下旬から 7 月上旬にかけて開催されるダナン国際花火大会では、息をのむような花火が打ち上げられ、さらに盛り上がります。

8 月–観光と文化の祭典のピーク

8 月は観光のピークで、国内外から観光客が訪れる。航空券や宿泊施設は、余裕を持って予約する必要がある。暑い気候が続き、チュングエン（Trung Nguyen）や子供祭り（Children's Festival）などの文化的なお祭りは、カラフルで華やかな体験ができる。

ショルダーシーズンを迎える

もっと静かなベトナムを体験したい人には、12月から3月にかけてのショルダーシーズンがお勧めだ。この時期は、湿度の高い夏に比べて乾燥した気候になる。ただし、特に肌寒い北部地域を観光する場合は、それなりの荷物を用意すること。極南部では、晴天と豊富な日照が期待できる。この季節は、ハノイやホーチミンのような象徴的な都市を、信頼できる天候と快適な気温で快適に訪れることができる。特筆すべきはテト祭で、通常1月下旬から2月上旬に開催され、ホテルの値段は上がるものの、国全体が活気づく。

12月 –祝日の準備

12 月は静かに始まるが、中旬になるにつれ、特に人気の観光地では忙しくなる。クリスマス休暇に備え、宿泊施設は余裕を持って予約しよう。南部は蒸し暑く、北部は肌寒い。国民の祝日ではないが、クリスマスはベトナム全土で祝われ、真夜中のミサに数千人が集まるファット

・ディエムやホーチミン市などでは、ユニークな体験ができる。

1月 – 冬の驚異を迎える

暦が1月に変わると、ベトナムはさまざまな気候に見舞われる。極北の地が雪の可能性に震える一方で、南部の地域は気温が穏やかだ。今月は、豪華なフラワー・ディスプレイ、音楽、ファッション・ショー、にぎやかなワイン・フェスティバルなど、華やかなイベントが目白押しのダラット・フラワー・フェスティバルを満喫しよう。

2月テトと地域のコントラスト

2 月になると、北と南の地域は対照的になる。ダナン以北の北部は曇り空で肌寒い〝中国風〟に見舞われるが、南部は晴れて暖かい日が続く。しかし、ベトナムの新年であるテット（Tết）期間中の旅行は、交通機関の需要が高く、企業も休業となるため、困難となる可能性がある。Tết は 1 月下旬に降ることもあることを覚えておこう。

月 気温の上昇

3 月もホイアン（HộiAn）以北は灰色の空と涼しい気温が続くが、月が進むにつれて気温計は上がり始める。一方、南部では乾季が終わりに近づいている。コーヒー愛好家は、栽培者、グラインダー、ブレンダー、コーヒー愛好家が集まり、活気に満ちたお祭りを繰り広げる毎年恒例のコーヒー フェスティバルのために、ブオン マ トゥートンへ出かけましょう。

ローシーズンを探る

4 月から 6 月、9 月から 11 月にかけてのベトナムのローシーズンは、冒険好きな旅行者を予測不可能な気候に誘う。冬と夏、あるいは夏と冬の間のこの過渡期には、素晴らしい晴天の日と時折雨が降る日が混在する。この時期は、観光客の混雑を避けたい人や、包括的な国内観光を計画している人にとっては理想的な時期である。驚くべきことに、この数ヶ月間はベトナム全土で比較的過ごしやすい気候が続き、ベトナムの隠れた魅力を発見する絶好の機会となる。

4 月 – フェスティバルと好天

4 月は、冬の雨季が典型的に後退するため、ベトナムを探索するには理想的な時期である。今月は、芸術、演劇、音楽、サーカスの公演が行われるフエ・フェスティバルや、祖先の伝統を讃える厳粛なタイン・ミン（死者の祝日）など、数多くのフェスティバルが開催される。

月 静かな空と仏陀の祝福

5 月は晴天が多く、暖かい日が多いので、ベトナムの中部や北部を観光するには最適だ。海水温は魅力的になり、観光客は比較的静かだ。仏陀の誕生、悟り、死を祝う Phóng Sinh（フォン・シン）祭りは、賑やかな街頭行進やランタンがパゴダを飾る。

6 月 – 混雑を避け、海岸リトリートを楽しむ

6 月は国内観光のピークを迎える直前で、ベトナムを探索するには絶好の時期だ。湿気は厳しいものだが、海岸沿いの隠れ家は安らぎを与えてくれる。6 月上旬に隔年で開催されるニャチャン・シー・フェスティバル（Nha Trang Sea Festival）は、ストリート・フェスティバル、写真展、スポーツ・イベント、文化的展示などで街を埋め尽くす。

9 月 – ローシーズンの始まり

9 月に入ると、ベトナムで 2 回目のローシーズンが始まる。海岸沿いのリゾートは人が少なく、気候も穏やかになる。9 月 2 日のベトナム建国記念日とハノイ・プライド・フェスティバルは、活気ある雰囲気をさらに盛り上げる。

10 月 – 北部ハイキングに最適

10 月は北の果てを訪れるには絶好の時期で、晴天が続き、気温も穏やかでハイキングに適している。中部地方は冬の風と雨に見舞われるが、南部は乾燥したままだ。チュントゥ（中秋節）には月餅を楽しむ。

11 月 – 晴天と文化の祭典

11 月は、ホーチミン市、マリー・ネー、メコンデルタ、フー・コックなどの島々を散策するには絶好の時期だ。メコンデルタのクメール・オク・オム・ボック・フェスティバルでは、地元の文化を紹介するカラフルなボートレースが行われる。

観光でベトナムを旅行する際の注意点をいくつか挙げてみよう：

やるべきこと

1. **現地の習慣を尊重する** 人の家や寺院に入るときは靴を脱ぐ、宗教施設を訪れるときは控えめな服装をする、物を授受するときは両手を使うなど、ベトナムの習慣や伝統を理解し、尊重しましょう。
2. **ベトナム語の基本フレーズを学ぶ** 挨拶、「ありがとう」、「お願いします」などの基本的なベトナム語のフレーズをいくつか覚えておくと、現地の人に敬意を示し、信頼関係を築くのに大いに役立つ。
3. **郷土料理にも積極的に挑戦しよう**： ベトナム料理は多様で美味しい。フォーやバインミー、生春巻きなど、屋台や地元のレストランで食べられる郷土料理もぜひ試してみてほしい。
4. **丁寧に交渉する** マーケットで買い物をしたり、業者と取引をしたりするときは、価格交渉をするのが一般的だ。ただし、礼儀正しく、友好的な態度で。

5. **適切な服装** ベトナムは服装に関して比較的自由ですが、特に都市部では、寺院やパゴダのような宗教的な場所を訪れる際は、控えめな服装を心がけましょう。

6. **ある程度の現金を持ち歩く** 都市部や観光地ではクレジットカードが広く利用できるが、特に地方や小規模な施設では、ある程度の現金を持っていると便利だ。

7. **詐欺に注意すること：** 他の観光地と同様、過剰請求、偽商品、非公式のツアーオペレーターなどの詐欺に注意すること。評判の良い企業を調べ、あまりに真実味のない取引には注意すること。

8. **環境を尊重する** ベトナム人は自分の国をとても愛している。彼らはまた、国全体の清潔さを維持している。また、ベトナムには美しい自然景観、海辺や小川がある。ゴミのポイ捨てをせず、指定されたトレイルを歩き、環境に優しい活動を支援することで、環境を尊重しましょう。

注意事項

1. **文化的シンボルを軽んじない**： 国のシンボル、宗教的工芸品、慣習を軽視しない。例えば、（国の指導者が登場する）お金を踏んだり、人や宗教的なものに足を向けたりしてはならない。

2. **人前で愛情表現をしないこと**： ベトナムの文化では、特に農村部や保守的な地域では、人前での愛情表現は一般的に嫌われます。

3. **デリケートな話題は避ける** 政治、宗教、ベトナム戦争など、デリケートな話題については、自分が十分な知識を持ち、現地の人に歓迎されない限り、話題にしないようにしましょう。

4. **あまり積極的に値切るのはやめましょう**：価格交渉は一般的なことですが、値切り交渉の際に過度に攻撃的であったり、対立的であったりすると、無礼だと思われることがあります。特に地元のマーケットでは、屋台によって値段が違う。言い争うのではなく、買えない、あるいはもう少し安く買いたいと丁寧に言うこと。

5. **許可なく写真を撮らないこと：** ベトナム人は寛大で、一緒にビデオを撮ったり、スナップを撮ったりすることを快く許してくれる。しかし、特に農村部や宗教儀式を撮影する際には、人物を撮影する前に必ず許可を得ること。

6. **健康上の注意を無視しないでください：** どの国にもあるように、ベトナムにもマラリアなどの一般的な健康リスク要因があります。必要な薬や予防接種を携帯する。屋台の食べ物には注意し、ペットボトルの水を飲み、健康状態が許されない場合は不必要な運動は避ける。

7. **率直さに気を悪くしないでください：** ベトナム人のコミュニケーション・スタイルは直接的でスピーディーなため、人によっては失礼に感じられるかもしれません。文化の違いを理解し、簡単に腹を立てないようにしよう。

8. **不快なジェスチャーを使わない：** 攻撃的なジェスチャーやボディランゲージは誤解

を招き、不快感を与える可能性があるため、使わないようにしましょう。

ベトナム旅行に役立つヒント

ビザの必要条件事前にビザの必要条件をよく確認すること。短期滞在の場合は免除される国籍もある。ベトナムでは、特定の国に対しては到着時にビザが発給されるが、その他の国に対しては事前予約が必要である。

天候への配慮ベトナムの気候は多様です。天候は北と南で大きく異なることがあるので、訪問予定の特定の地域の天候を確認すること。

健康上の注意渡航前に必要な予防接種を受けてください。特に冒険的なアクティビティに参加する予定がある場合は、医療避難をカバーする医療保険を検討しましょう。

通貨公式通貨はベトナム・ドン（VND）。主要な観光地では米ドルやユーロが使えるかもしれないが、少額の買い物や地方では現地通貨を持つのがベストだ。

現地の習慣：現地の習慣やエチケットに慣れる。例えば、誰かの家や寺院に入る前には靴を脱ぐのが礼儀だ。

交通手段ベトナムにはタクシー、バイク、公共バスなどさまざまな交通手段がある。バイクタクシーを利用する場合は、信頼できるタクシー会社を利用し、運賃を事前に交渉すること。

ストリートフード：ベトナム料理は世界的に有名だ。地元の屋台料理を試してみるのもいいが、食中毒を避けるため、清潔で評判の良い業者のものであることを確認しよう。

言語主要観光地以外では英語はあまり通じない。基本的なベトナム語のフレーズをいくつか覚えておくと、現地の人に喜ばれるし、役に立つ。

文化の尊重：ベトナムには豊かな文化遺産がある。文化的な場所を尊重し、寺院を訪れる際は控えめな服装を心がけ、人物の写真を撮る際は許可を得ること。

交渉：市場や露天商では値切り交渉が一般的。まずは低額で提示し、適正価格になるよう交渉する準備をする。

安全性ベトナムは旅行者にとって比較的安全だが、道路を横断する際は、小銭稼ぎや詐欺、交通渋滞に注意すること。持ち物は安全に保管し、周囲に気を配ること。

インターネットアクセス：ご滞在中のインターネット接続には、現地のSIM カードまたはポータブル Wi-Fi デバイスをご購入ください。これは、ナビゲートや接続の維持に特に役立つ。

観光地以外を探索する：ハノイ、ホーチミンシティ、ハロン湾などは人気のスポットですが、より本格的な体験をするために、人里離れた場所を探索することを検討してみてください。

環境への意識：環境に配慮する。使い捨てプラスチックを避け、環境に優しい取り組みを支援し、自然をそのまま残す。

旅行保険：安心のために、緊急医療、旅行のキャンセル、持ち物の紛失・盗難などをカバーする旅行保険への加入を検討する。

8 日間でベトナムの代替ツアーを計画する方法のガイドライン

私とは逆のツアープランを立てることもできる。8 日間でベトナムのツアーを計画するには、時間を最大限に活用し、ベトナムの多様な見どころを体験できるよう、慎重に検討する必要がある。ここでは、効果的な旅行計画を立てるためのガイドラインを紹介する：

1 日目、2 日目：ハノイ

- 1 日目：ベトナムの首都ハノイに到着。旧市街、ホアン・キエム湖、ゴック・ソン寺を散策する。
- 2 日目：ホーチミン廟、ホーチミン博物館、一柱寺、文廟などの史跡を訪れる。夜には伝統的な水上人形劇で地元の文化を体験する。

3 日目、4 日目：ハロン湾

- 3 日目：ハロン湾へ（ハノイから約 3~4 時間）。湾内をクルーズし、鍾乳洞を探検し、カヤックを漕ぎ、船上でシーフードを楽しむ。
- 4 日目：引き続きハロン湾を散策し、水泳や水上集落の訪問、素晴らしい風景の鑑賞などを楽しむ。

5 日目、6 日目：ホイアン

- 5 日目：ハノイからダナンへ飛び、ホイアンへ移動（車で約 30 分）。保存状態の良い建築物、ランタンの灯る通り、活気あるマーケットで知られるホイアン・エンシェント・タウンを探索する。
- 6 日目：近郊の村々を巡るサイクリング・ツアーに参加し、ユネスコの世界遺産に登録されているミーソン聖域を訪れ、ホイアンの名物料理を楽しむ。

7 日目、8 日目：ホーチミン（サイゴン）

- 7 日目：飛行機でダナンからホーチミンへ（約 1 時間半）。統一会堂、戦争証跡博物館、ノートルダム大聖堂、ベンタイン市場などの象徴的なランドマークを訪れる。
- 8 日目：ベトナム戦争時に使用された地下トンネル網、クチトンネルを探索。オプションでメコンデルタの日帰りツアーに参加し、農村の生活や水上マーケットを体験することもできる。

その他のアドバイス

- **乗り継ぎ**スムーズな移動のために、フライトと乗り継ぎを事前に予約しましょう。

- **宿泊施設**便利な中心部のホテルかホームステイを選ぶ。
- **アクティビティ**：必見のアトラクションを優先するが、のびのびと探索する余裕も残す。
- **食事**：お勧めの食堂で郷土料理を味わったり、屋台料理を試す。
- **予算**：食事、アクティビティ、お土産など、出費の計画を立てましょう。
- **天候**：季節の天候パターンを確認し、それに合わせて荷造りをする。
- **旅行保険**旅行中の安心のために海外旅行保険に加入する。

- あなたの興味や旅のペースに合わせて旅程を調整してください。ベトナムは、文化、歴史、自然の美しさの豊かなタペストリーを提供し、思い出に残る旅をお約束します！

著者について

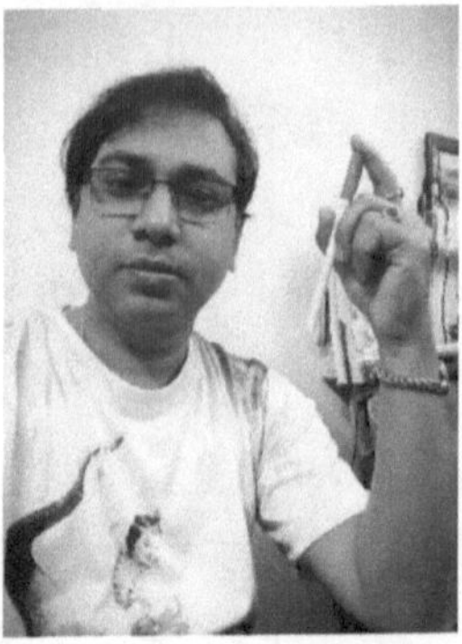

スポンドン・ガングリ

Forgotten Love Unforgotten Love」、「Let Me Hold Your Hand」、「Do Not Leave Me」、「Whispers of Realms」、「Nightmare's Embrace」などの魅力的な本の著者であるスポンドン・ガングリのクリエイティブな旅は文字だけにとどまらず、ダイナミックなウェブサイトでは教育者、アーティストとしての彼の多面的な才能を知ることができる。スポンドン・ガングリの魅惑的な世界については、*https://spondonganguli.com/*。

www.ingramcontent.com/pod-product-compliance
Lightning Source LLC
LaVergne TN
LVHW041854070526
838199LV00045BB/1595
* 9 7 8 9 3 6 4 9 4 5 6 1 5 *